【収納無双】
～勇者にチュートリアルで倒される
悪役デブモブに転生したオレ、
元の体のポテンシャルとゲーム知識で無双する～
1
くーねるでぶる(戒め)
illustration ぺんぐぅ
JN191531

ジルベール
アリス
[CHARACTERS]

アンベール
マチュー
デボラ

「い、いただきます……」
アリスは表情が緩むのを必死にこらえようとするけど、こらえきれずに笑顔が漏れていた。

収納無双 1

～勇者にチュートリアルで倒される
悪役デブモブに転生したオレ、
元の体のポテンシャルとゲーム知識で無双する～

くーねるでぶる（戒め）
illustration ぺんぐぅ

CONTENTS

プロローグ

「はっ!?」

目が覚めると、綺麗《きれい》な彫刻が施された天蓋が見えた。どうやらオレはベッドで横になっているらしい。

「いてて……」

後頭部がズキズキと痛んだ。

たしかオレは、廊下ですっ転んで……。

あれからそれほど時間は経《た》っていないのか？

「坊ちゃま？　ジルベール坊ちゃま？」

「うん？」

天蓋の向こうからオレを呼ぶ声がする。天蓋を捲《まく》れば、そこにはシックなロングスカートのメイド服に身を包んだ硬い表情の中年のメイドがいた。

「目が覚めましたか。旦那様に報告してまいります」

「ああ……」

仮にも意識不明だった十一歳の子どもが目を覚ましたにしてはとても冷めた反応だった。まぁ、オレのこれまでの行動を思えば仕方がないのだけど……。

……ん？　十一歳？　あれ？　オレは二十二だったはずでは……？

なにかがおかしい。

メイドが部屋を出ていったのを確認したオレは、ベッドから出ると姿見の前に立った。

そして、自分の姿を見た瞬間にすべてを察した。道理で二人分の記憶があるわけだ。

「なるほど。たしかに面影がある……か？」

そこに映っていたのは、黒髪黒目の体格のいい……いや、言葉は飾るまい。デブの子どもだった。まるで子ブタみたいだ。

オレの美意識からすれば、大袈裟《おおげさ》なくらいゴテゴテした過剰な装飾。まるで金持ちの、いや、貴族の子どもって感じだ。

似ている。美麗なイラストと３Ｄとアクション性で人気になったＰＣゲーム『レジェンド・ヒーロー』の悪役モブに。

「たしかあいつの名前もジルベールだったよな？」

ゲーム内で、いちいち事あるごとに次期侯爵のジルベール・ムノーと名乗っていたから、オレでもしっかり覚えている。

ゲームでさ、チュートリアルってあるじゃん？　アイテムの使い方とか戦闘の方法だとかを教えてくれるアレだ。

ジルベール・ムノーは、『レジェンド・ヒーロー』の世界ではチュートリアルで主人公に戦闘方法と必殺技を教えた後、必殺技の試し打ちで倒される悪役モブだ。それ以降、ジルベールはストーリーに登場しない。もしかしなくても死んでるんじゃないか？

必殺技ってなんだよ？　必ず殺す技とか怖すぎるだろ!?

なんでゲームの世界に、それも悪役のモブになってるんだ？　どういうことだよ？

だが、今のオレには、ジルベール・ムノーとして生きた十一年と日本で二十二まで生きた記憶がある。

日本での記憶は、飲み会で泥酔したところで途切れている。もしかして、そのまま運悪く逝っちまったのか？

悔やむ気持ちはある。だが、ジルベール・ムノーとしての記憶があるからか、そこまで落ち込むことはなかった。

というよりも、これからどうするか考えないといけない。

そんな気持ちの方が強かった。

このままでは、主人公に殺される。

それも問題だが、オレには他にも問題がある。それはオレが現在、ムノー侯爵家で圧倒的に嫌われている点だ。

さっきのメイドの態度だったりな。実は家族からも嫌われている。

というのも、オレの授かったギフトが【収納】だったからだ。

この世界では、十歳になると神様からギフトと呼ばれる不思議な力を授かるのだが、オレのギフトはものを異空間に収納することができるだけの【収納】だった。

個人の強さが貴ばれるこの世界で、攻撃に使えないギフトというのはかなりのハンデになる。

これが理由でオレは一年前に嫡子から外されたくらいだ。

この世界では、個人の強さが大きなステータスとなるのだ。貴族ならなおさらである。

まぁ、オレはそれが認められなくて次期侯爵を名乗り続けたわけだが……。

だが、現実は非情だ。

今では次期侯爵は一つ下の弟であるアンベールが嫡子とみなされている。ちなみにアンベールのギフトは【剣聖《けんせい》】だ。強そうだね。

オレは思い通りにならない現実にイライラし、そのイライラを周囲にぶつけた。

性格がねじ曲がってしまったんだろうな。オレは人が嫌がることが大好きだった。

メイドのお尻や胸を触るのは当たり前、スカート捲《めく》りなんかもしたし、執事やメイドや領民に無《む》茶《ちゃ》な命令をして困らせるなんて日常茶飯事だった。他にも侯爵家の権力を笠《かさ》に着てやりたい放題だ。

水に濡《ぬ》れてつるつると滑る廊下も、元々はジルベールがメイドたちに命令して作らせたものだった。

メイドたちからしたら、片付けする手間が増えるのでかなり面倒だっただろう。

だが、ジルベールにとっては自分も楽しいし、メイドたちに嫌がらせできるし、一石二鳥だったのだ。

バチが当たったのか、すっ転んで意識を失ったオレだったが、何の因果か前世の記憶を思い出した。

もしあのままだったら、オレはめでたくゲームの通りに主人公に殺されていただろう。つるつると滑る廊下でスケートごっこしてすっ転んで本当によかった。まだ頭が痛いけどな。

「さて……。この先どうする……？」

主人公に殺される未来なんて絶対に回避したいし、みんなから嫌われているこの状況もどうにかしたい。

それに、この先ムノー侯爵家に待っているのは破滅だ。なんと、ムノー侯爵は王家に反旗を翻して取り潰されるのだ。できればその未来も回避したい。

心を入れ替えたなんて宣言してもみんな信じてくれないだろうし、やっぱり行動で示していくしかないよな。

それに、この世界は個人の強さが貴ばれる。ならば、オレが強くなれば、みんなのオレを見る目も変わるんじゃないか？

前世の記憶が蘇《よみがえ》った今のオレにとって、侯爵家の当主の座なんてどうでもいい。どうせ侯爵家自体なくなっちゃうかもしれないし。

でも、オレの持つゲームの知識を使えば、効率よく強くなれるのでは？

「やってやるか！　がんばるぞ！」

姿見には、太った少年が拳を突き上げている姿が映っていた。

「まずは痩せるか……」

「ぜはぁー……、ぜはぁー……、ぜはぁー……、ぜはぁー……」

目を覚ましたオレは、とりあえず庭を走ってみた。

みんなは珍妙なものを見る目でオレを見ていたな。中にはクスクス笑ってる奴《やっ》もいた。デブが走って悪いかよ！

「も、もう動けん……」

オレは庭を一周することなく疲れて座り込んでしまった。脇腹が痛い。

「はぁ……、はぁ……、はぁ……。喉が……、渇い……、た……」

少し呼吸が落ち着いたところで、オレはあることを思いついた。

こんなことなら、【収納】の中に水でも入れてくればよかった。

以前のジルベールならば、思いつかない発想だろう。ジルベールは【収納】のギフトを心底嫌っていた。荷物を持つなど従者の仕事。従者のギフトだと嫌っていたのだ。

そのため、飲み物が欲しければそのあたりにいるメイドに強硬に命じてジュースでも持ってこさせていただろう。

嫌な奴だねまったく。

「そういえば、まだ【収納】を使ってなかったな……」

一度使ってみよう。

「収納……！」

すると、いきなり目の前に四角い黒い空間が現れた。

「おお！」

これが【収納】のギフトか。二十センチ四方くらいの大きさで、厚さはまったくない。その見た目は真っ黒で、まるで底なしの穴かブラックホールでも覗《のぞ》き込《こ》んでいるみたいだ。

この中にものを収納できるのか？

オレは近くに落ちていた小石を黒い空間に投げてみる。

「おぉー！」

小石は無事に黒い空間の中に収納された。収納空間に意識を向ければ、なんとなく収納スペースの中に小石が入っているのがわかる。オレがゲーム脳だからか、まるでゲームのインベントリでも見ているみたいだ。

「出すこともできるのか？」

意識して小石を収納スペースから取り出すイメージをすると、小石が黒い空間から飛び出てきた。

オレのお腹《なか》にポヨンと当たって地面に落ちる。

「これって……投げて入れたから、投げた勢いのまま出てきたってことか……？」

収納空間の中では、運動エネルギーも保存されるのだろうか？

これってすごいことなのでは？

「これってどのくらい入るんだろう？」

オレは立ち上がると、庭に鎮座している大きな岩へと近づいていく。

「これは入るのか？」

オレは黒い収納空間を展開すると、岩を収納空間に呑《の》み込んでいく。収納空間はオレの周りなら自由自在に大きさや形を変えたり、移動することもできるみたいだ。

「ん……？」

岩を収納し始めた直後に、なんだか自分の中から温かさが消えていく感覚がした。

最初は気のせいかと思ったが、岩を収納空間に呑み込むたびに体から熱が奪われていく感じがする。もう背筋が冷たくゾクゾクし、手足が震えだすほどだ。

尋常じゃない。

オレは急いで【収納】のギフトを終了すると、岩を呑み込んでいた途中の収納空間がスッと消える。そして信じられないことが起きた。

「え……？　なんで岩が切れてるんだ……？」

なんと、岩が収納空間によって滑らかにくり貫《ぬ》かれたように消えていたのだ。意識を向ければ、収納スペースに削り取られた方の岩が収納されているのがわかった。

「これって……」

まさかの事態にただ驚き固まることしかできない。

「もしかして、【収納】ってかなり強いのでは……？」

第一章　嫌われ者の努力

「はぁ……、はぁ……、はぁ……、はぁ……」

「見て、またあのデブ走ってる……」

「見ていて暑苦しいのよねぇ……」

メイドたちがひそひそ話しているのを横目に、オレは屋敷の周りを走る。たぶん悪口でも言っているのだろう。

オレがダイエットを始めて二週間。前は一周も走れなかったが、今では二周も走れるようになった。気のせいか、ちょっとだけ痩せたような気がする。まぁ、気がするだけだが……。

「収納！」

そして、日課のランニングが終わったら、部屋で【収納】の性能テストだ。

テストをして確信を得たのは、収納空間の中では運動エネルギーや熱エネルギーなども保存されているということ。

例えば、燃えた木の枝を収納すると、時間が経《た》って次に出した時にも木の枝は燃え続けていた。

たぶんだけど、収納空間の中では時間が止まっているのだと思う。

そしてもう一つ。収納空間にものを中途半端に入れた状態で【収納】の発動を止めると、ものの切断ができる。

例えば、木の枝を半分だけ収納空間に入れた状態で【収納】の発動を止めると、木の枝は半分でスパッと切れる。その断面は非常に滑らかだ。

ここまでは最初に【収納】を発動した時にも理解していた。

新たに判明した点。それは収納空間の広さと魔力（ＭＰ）の関係だ。

【収納】のギフトは、収納空間を展開するだけではほとんど魔力を消費しない。収納空間にものを収納した時に魔力を消費するのだ。そして、収納空間からものを取り出す時には魔力をまったく消費しない。

そして、今のところのオレは、一度に二十立方センチメートルくらいのものを収納するのが限界みたいだ。その時、入れるものの重さは関係ない。この限界というのは、オレの魔力の限界だ。オレが前回【収納】を発動し、大きな岩を収納しようとした時に感じた体の寒気。あれは魔力の消費によって引き起こされたものだった。体の寒気を我慢して使い続けると、気絶することもわかった。どうやら魔力が枯渇すると人は気絶するらしい。

そして、これが一番の発見だが、オレは魔力が回復したら、新たに【収納】でものを収納することができるらしい。二十立方センチメートルが一度に収納しようとした時の限界で、魔力が回復すれば、オレはまた二十立方センチメートルの収納が使えるのだ。

まぁ、一度のタイミングで収納できる量に関しては限界があるが、オレが収納できる総量に関しては限界はないみたいだ。

オレは以上のことを勘案して、ある一つの戦法を編み出した。

それが――。

バシュンッ!!


オレの部屋の中にクロスボウの発射音が響き渡る。

なにをしてるかって?

収納空間にクロスボウのボルトを発射して、収納してるんだ。

こうすることによって、収納空間から出したら、勢いよく飛び出すボルトの完成ってわけだ。

オレはなにも持っていないのに、クロスボウをいつでも構えてるのと同じ攻撃力を手に入れた。

さすがに銃器には及ばないが、これでもかなり強力だよね。

「はぁ……。さすがに疲れた……」

オレはクロスボウを置いて、腕を回しながら立ち上がる。

クロスボウは大型の弦の巻き上げ機が付いたものを使っているのだが、これを巻き上げるのがけっこう大変なんだ。

「ちょっとトイレでも行ってくるか」

オレはハンカチを持っていることを確認して、自分の部屋を出たのだった。

ふぅースッキリだ。

腕の疲れも取れてきたし、クロスボウを撃つ作業に戻ろうかな。

そう思いながら廊下を歩いていると、廊下の向こうからぞろぞろと人だかりが近づいてきた。その中心にいるのは、オレよりも少し背の低い黒髪黒目の細身の少年だった。

「アンベール……」

「誰かと思えば兄上でしたか」

アンベールが呆《あき》れたような目でオレを見ていた。その目には明確に蔑みの色があった。

まぁ、仕方ないね。ジルベール君はバカばっかりしてたし。

それにしても、弟であるアンベールには七人も従者がいるのにオレには一人もいない。ここまで露骨に扱いに差があれば、ジルベール君も心荒《すさ》むよなぁ。

「おや？　今日は噛《か》み付《つ》いてこないのですか？」

ジルベールは、アンベールを見かけるとすぐにケンカを吹っかけていた。そして負けるまでがセットだ。

アンベールのギフトは【剣聖《けんせい》】。普通に考えれば勝てるわけがないのだが、ジルベールにはそれは断じて認められないことだったのだ。

「兄上でも学習することがあるのですね。ようやく私の方が上だと認められましたか。これだけ時間がかかったのはさすがは兄上といったところでしょうか。獣でももう少し早いですよ？」

うわぁ……。

アンベールは明確にオレを見下していた。というか、調子に乗ってる。

以前のジルベール君ならすぐに殴りかかっていたところだろうが、今のオレには二十二歳まで生きた日本人としての記憶がある。

なんというか、感じの悪いガキだなという感想しか出てこない。

「はぁ……」

オレはアンベールとしゃべる気も失《う》せてその場を去ることにした。

「吠《ほ》えることもできないとは！　まさに負け犬！　もう牙すらないんですか？　それでは負け犬にすら劣りますよ？」

ひょっとして殴りかかってきてほしいんだろうか？

そう思うくらいに煽《あお》られるが、オレは無視して自分の部屋に戻った。

「はあ!?　坊ちゃんが格闘術を習いたい!?」

数日後、日課のランニングを終えたオレは、その足で練兵場へと訪れていた。

ここにはムノー侯爵領を守る兵士たちが大勢いる。きっと格闘術を専門とする兵士もいるだろう。

なぜ格闘術なのか。

それはゲーム『レジェンド・ヒーロー』で最強の武器が拳だからだ。

なにを言っているのかわからないかもしれないが、本当に拳が最強の武器なんだ。全武器中最速の攻撃速度を誇り、おまけに遠距離攻撃もできるまさに死角のないスキル構成なのである。

個人の強さが貴ばれる世界なんだし、どうせやるなら最強になりたいじゃん？

それに、せっかくゲームの知識を持ってるんだ。ゲーマーとしては実際にゲームのスキルを体験してみたいし、試してみたい。

だからオレは格闘術を習おうと練兵場にいた兵士の中でも格闘術の練習をしていた兵士に声をかけた。

兵士はマチューというらしい。二十代半ばほどの引き締まった体をした男だ。今は困った表情をしているが、優しそうな雰囲気を感じる。素人目《しろうとめ》だが、マチューは小柄でありながら、ざっと見た感じ周りの兵士たちよりも強そうだった。

なのでマチューに格闘術を教えてもらおうと思ったのだが……。

「坊ちゃん、その体で格闘術は無理でしょ？」

マチューの視線に釣られて視線を下げると、そこには大きく突き出た腹があった。

たしかにマチューの言わんとしていることはわかる。

「格闘術の訓練をしてれば、自然と痩せると思うのだが？」

「そうかもしれませんがねぇ……」

明らかにマチューの口調が苦い。腕を組んでオレを警戒し、オレに心を許していないことが伝わってくる。

前世のオレは心理学を専攻していたからな。異世界でも通用するのかわからないが、人の機微には敏《さと》いつもりだ。

今まで散々ジルベール君が横柄な態度を取ってきた弊害だな。

「どうしてもということでしたら、お教えすることは可能です。でも、武術というのはどれも厳しいですよ？　お叱り覚悟で言いますが、今の坊ちゃんに耐えられるとは思えません。それに、俺たちは命をかけてこの領を守ってるんです。坊ちゃんの遊びに付き合ってる時間はありません」

キツイ言葉だな。だが、これが今のオレへの正当な評価なのだろう。

仮にも侯爵家の人間であるオレにここまで言う奴《やつ》はなかなかいないんじゃないか？　貴重な人材だな。

マチューの向こうには、兵士たちと剣の訓練をしているアンベールの姿が見えた。オレはダメでアンベールはいい。以前のオレなら癇癪《かんしゃく》を起したところだが、今のオレは冷静にそのことを受け止めることができた。

オレの今までの態度を思い出せば、当然のことだ。

たぶん、命令すればゴリ押せるだろう。しかし、オレはそうしたくはなかった。

オレが諦めかけたその時、マチューが口を開く。

「ですから、坊ちゃんの本気を見せてください」

「本気？」

「そうです。まずはその弛《たる》んだ体をなんとかしてください。話はそれからです」

「……痩せれば、訓練をつけてくれるのか？」

「はい。少なくとも俺が教えることはできます」

「わかった。ありがとう。がんばるよ」

「ッ!?」

マチューがビックリしたような顔でオレを見ていた。なんでだろう？


マチューと話してから、日課のランニングの距離を延ばすことにした。それ以外にも、日常の移動の際にも早歩きを導入した。

前世で聞きかじっただけのダイエット知識だが、なにもしないよりマシだろう。

あとはプランクだ。デブのオレがやると、腹から内臓が零《こぼ》れるんじゃないかってくらい辛《つら》いが、これもがんばった。

最初の一週間は辛いことだけだったし、焦りばかりが募ったが、少しずつ効果が出始めるとやる気が出てくる。

「はぁ……、はぁ……、はぁ……、はぁ……」

「また走ってますね。暑苦しい」

「なんでも兵士に訓練したかったら痩せろと言われたらしいですよ」

「あの体型では武術は無理でしょうからね」

「「「ウフフフフフフフ」」」

メイドたちの嫌味《いやみ》などなんのその。オレはいつものようにランニングを終えて部屋に戻って着替えていると、ノックの音が飛び込んできた。

オレに用事があるとは珍しい。何の用だろう？

「どうぞ」

「失礼いたします、坊ちゃま。エロー男爵家のアリス嬢がお見えです」

「ああ……」

そうだった。今日は婚約者のアリスがご機嫌伺いに屋敷に来る日だった。すっかり忘れていた。忘れていたかった……。

「……応接間に通してくれ。すぐに向かう」

「かしこまりました」

オレはアリスに会うのがとても怖い。だが、会わないわけにもいかない。

オレは重い足取りで応接間へと向かった。

「失礼します」

そう言って入った豪華な応接間には、オレと同じくらいの背丈の可憐《かれん》な少女がいた。色素《しきそ》の薄い銀髪に青い瞳のお人形さんのようにかわいらしい少女。彼女がアリス・エロー。エロー男爵家の娘だ。

「お、お久しぶりです。ジルベール様……」

ソファーから立ち上がったアリスが、深々と頭を下げる。頭を上げたアリスの顔は歪《いびつ》な笑みを浮かべ、まるで能面のように表情一つ動かない。お腹《なか》のあたりでギュッと手が白くなるまで強く握っているのが見えた。

明らかな拒絶。

これまでオレがアリスにしてきたことを思えば仕方のないことだ。

アリスは、誰も自分を敬わず、命令を聞かないと嘆いていたジルベール君が、唯一自由に命令することができる少女だった。

だからジルベール君……、いや、ジルベールはアリスの胸を触ったりスカートを捲《めく》ったりやりたい放題だったのだ。

最悪だね。今オレの胸の中は罪悪感でいっぱいだ。

「アリス……。今まですまなかった……」

「ッ!?」

オレはアリスに深々と頭を下げた。アリスから息を呑《の》むような音が聞こえた気がした。

無論、こんな謝罪一つで許してもらおうとは思わないけど、それでも謝りたかった。

「あ、頭をお上げください」

言われて頭を上げると、困惑と警戒の表情を浮かべたアリスがいた。

うん。まるで謝罪が信じられていないね。

「オレの言うことが信じられないのもわかる。だが、オレはこれからアリスの嫌がることは一切しない」

「…………」

アリスからの返事はなかった。オレのことを本当に信じていいのかわからないのだろう。

元より言葉だけでは信じてもらえないとは考えていた。これからの行動で示すしかないな。

「まぁ座ってよ。お茶でも飲みながらアリスのことを教えてよ」

「わたくしの……?」

「ああ」

オレはアリスを怖がらせないようにゆっくりとした動作でソファーに腰かけて、アリスに対面のソファーに座るよう勧める。アリスは最初戸惑っていたようだが、なるべくゆっくりとした口調でもう一度勧めると、おっかなびっくりとした様子でソファーに座った。見ればアリスはオレから視線を逸《そ》らし、少し体が震えている。

うん。まったく信用されてないね……。オレは自分自身を殴りたい気持ちでいっぱいだ。

以前のジルベールは、アリスのことを気に入っていなかった。【収納】のギフトのせいでこの国の王女との婚約がキャンセルされてしまったからだ。仲の良かった婚約者の王女をアンベールに取られた形だ。当然だけど、ジルベールはひどく怒ってアンベールを恨み、そして返り討ちにあっている。

そして王女の代わりに用意されたのが男爵家の娘であるアリスだ。

仮にも侯爵家の息子であるオレの婚約者が男爵家の娘というのは、珍しいを通り越してもはやおかしい。

だが、自分のギフトが【収納】だと知ったジルベールは荒れていたからなぁ……。

それまではわりと品行方正な少年だったのだが、一気に悪ガキになってしまった。

他家の娘と婚約しても、婚約破棄されるのがオチだ。

そこで持ち上がったのが、相手から婚約破棄されないほど権力に差のある相手というわけだ。

それがエロー男爵家であり、アリスだった。

つまり、アリスはジルベールに差し出された生贄《いけにえ》なのだ。

実際のところはわからないが、そう的の外れた推察ではないと思う。

「まずはお茶とお菓子だね」

オレはテーブルに置かれていた小さなベルを手に取ってチリンチリンと鳴らす。

「失礼いたします。なにか御用でしょうか？」

「お茶とお菓子を用意してくれ」

「……？　かしこまりました」

オレ付きの中年メイドであるデボラはちょっと不思議そうな顔をしていたが、すぐにお茶とお菓子を用意してくれた。

「ありがとう、下がっていてくれ」

「ありがとうございます」

「いえ……。では、失礼いたします」

またデボラは困惑したような表情を浮かべていた。

まぁ、いつもはお菓子なんて用意するように言わないし、貴族の礼儀作法的には、いちいちメイドにお礼なんて言わないからね。不思議に思ったのだろう。

用意されたお菓子は、クッキーだった。

オレはクッキーを一つ摘《つま》んで食べる。できれば甘いものは控えたいところなのだが、毒見の意味でも最初にオレが食べてみせるのが礼儀なのだ。

久しぶりに食べたクッキーは、香ばしい小麦とバターの豊かな香りがしておいしかった。

さすが侯爵家。腕のいい料理人がいるね。

「おいしいよ。さぁ、食べて食べて」

「い、いただきます……」

アリスが恐る恐るといった感じで少し震えた指でクッキーを一つ摘んだ。そして、クッキーを口元まで運ぶと、これからクッキーを食べるとは思えないほど険しい顔をして、意を決したようにサクリと食べる。

それからのアリスの表情の変化は劇的だった。険しかった顔が一気に緩むと、目を瞑《つぶ》って自然と口角が上がり、ぱぁっと輝くようなニコニコの表情を見せた。

かわいい。

思えば、アリスとはもう十回以上会っているのに、笑顔を見たのは初めてだった。

「ハッ!?」

しかし、アリスは急になにかに気が付いたような顔をして、元の警戒するような表情に戻ってしまう。

「ありがとうございます……」

「もっと食べていいよ」

「でも……」

「アリスが食べないと、このクッキーたちは捨てられてしまうんじゃないかな？　だからよかったら食べてやってよ」

「え!?　じゃ、じゃあ……」

そう言っておずおずとクッキーに手を伸ばす。

まぁ、捨てられるなんて嘘《うそ》だけどね。でも、アリスが食べてくれる理由になるならこのくらいの嘘は許してほしい。

アリスは表情が緩むのを必死に抑えていたけど、こらえきれずに笑顔が漏れていた。

そんな様子のアリスがかわいらしくてたまらない。

女の子は笑っていた方がかわいいのだ。


「坊ちゃま、朝でございます」

「ああ……」

デボラの声で目を覚ますと、ベッドから飛び起きる。

いい目覚めだな。だいぶ朝起きるのにも慣れてきた。以前のジルベールは自堕落な生活をしていたからなぁ。ちょっとずつ体内時計が整ってきた感じだ。

「おはよう、今日もいい天気だな」

「ええ……。おはようございます」

毎朝オレを起こしてくれるデボラは、変な顔でオレを見ていた。なんでそんな顔をするんだ？

まぁ、毎朝のことだからこっちも見慣れたけどさ。

「…………坊ちゃまは変わられましたね」

「そうか？　ああ、ありがとう」

オレはデボラから服を受け取ると、デボラの助けを借りながら簡素《かんそ》な服に着替えていく。これからランニングなのだ。

「ちゃんと朝起きられるようになりましたし、以前は嫌がっていた運動も積極的にしています。メイドたちへのいたずらもしなくなりました。それに、今ではだいぶスマートになられて」

「ランニングしているからな」

廊下スケート転倒事件は、オレに前世の記憶を思い出させるほど強力な衝撃だった。オレが変わったとしたなら、それは日本人だった前世の記憶のおかげだろう。

「坊ちゃまはどうして変わられたのですか？」

このままだと将来主人公に殺されるからな。

「オレはもう人に迷惑をかけるのはやめたのだ。もう自分のギフトを呪うのもやめた。それではなにも変わらないからな。それだけだ」

数日後。

「はっ！　せやっ！」

「坊ちゃん、速く打つことよりも正確に打つことを心がけてください。また体の軸がブレてますよ」

「押忍《おす》！　はっ！　せやっ！」

練兵場の片隅。そこでオレは一心不乱に拳を打ち出していた。正拳突きってやつだと思う。

そう。オレはこのたび努力を認められて格闘術の指導をしてもらえることになったのだ。やったね！

とはいえ、毎日ずっと正拳突きしかしていないけど。

たぶん基礎から鍛えようというのだろう。

「はい。一度休憩しましょう」

「押忍！」

ただ正拳突きをしているだけだというのに、滝のように汗をかくし、腕が重いを通り越して痛い。だが、泣き言など言っていられない。オレは強くなるのだ。

「坊ちゃんは文句を言わないんですね。正直、意外でした」

オレの指導役をしてくれているマチューが、本人も言うように意外そうな顔でオレを見ていた。

「なにが意外なんだ？」

「普通、若い奴ならずっと基礎鍛錬なんて嫌がりますよ。もっと派手な技を教えてほしいとか言い出します」

「ああ」

まぁ、気持ちはわかる。

「だが、格闘術って基本がすべてみたいなところがあるだろ？」

たしか日本の剣術とかも、奥義は派手な連続技とかじゃなくて、基本の延長線上にあるただの一振りとかだったはずだ。

マチューは感心したような顔でオレを見ていた。

「まぁ、そうですね。わかりやすく言うと、基本の上に技を積み上げていく感じです。だから基本をおろそかにすると、途中で崩れます」

何事も基本が大事ってことだな。

「じゃあ、休憩はこのくらいにしましょうか。次は足を動かしながら正拳突きをしてもらいます」

「押忍！」

「どうでもいいですけど、そのおすって何ですか？」

「…………気合い、かな？」


そうしてオレは着実に格闘術を学んでいった。そのおかげか、体重は確実に落ちている。丸々として自分の足が腹で見えなかったオレが、いつの間にか薄《うっす》らと腹筋が割れるまでになっていた。もちろん自分の足も見える。

もうランニングしていてもメイドたちにキモがられたりもしないのだ。

そんなある日。

「坊ちゃん、今日は実戦に行きましょう」

「実戦？」

いつものように練兵場に顔を出すと、荷物を持ったマチューがそんなことを言い出した。

「そうです。これからダンジョンに行って実際にモンスターを倒してみましょう」

「モンスターを？」

なるほど。それで実戦か。ゲームでは、モンスターを倒すことで経験値を獲得し、レベルアップして強くなる。

「つまり経験値稼ぎだな？」

「けいけんちかせぎ？　なんです、それ？」

「うん？」

通じると思ったのだが、通じなかったようだ。

そういえば、この世界ではレベルだとか経験値だとかそういうゲーム用語は聞いたことがないな。

……もしかしてだが、モンスターを倒しても経験値が貰《もら》えないのか？

それではオレの「レベルアップして強くなる作戦」が通用しないことになってしまう！

「マ、マチュー、モンスターを倒すと、強くなれるんだろ……？」

恐る恐るマチューに確認すると、マチューはニカッと笑ってみせた。

「なんだ。坊ちゃんも知ってるじゃないですか！　そうです。モンスターを倒すと、モンスターの『存在の力』を手に入れて、肉体が強くなります！　人によっては新技とか閃《ひらめ》くらしいですよ。今日は坊ちゃんが『ファストブロー』を習得するまでモンスターを狩ってみましょう！」

「なるほど……」

どうやらこの世界の人は、経験値を『存在の力』、レベルアップを肉体が強くなると表現するようだ。そして、技術レベルがアップすることによって技を覚えるのもゲームと一致している。『ファストブロー』は体術のレベルが五になると覚える最初の技だ。

ゲーム『レジェンド・ヒーロー』では肉体レベルと技術レベルが別に存在する。肉体レベルは肉体の基礎能力。技術レベルは、身に付けた技術のレベルだ。オレが練習している格闘術や、剣術、槍術《そうじゅつ》、錬金術、魔法などいろいろある。

べつに『ファストブロー』を習得するだけならこのまま格闘術の訓練をしていたら習得できるだろう。技術レベルはべつにモンスターを倒さなくても上がるのだ。

でも、マチューの話を聞いていると、どうも肉体レベルと技術レベルを混同しているように感じた。

まぁ、ステータスが見られないから混同するのも無理はないのかな？　技術レベルはモンスターを倒しても上がるからね。

それにオレはモンスターを倒すのは賛成だ。肉体レベルを上げるチャンスだからな。そのチャンスをみすみす逃す手はない。

「じゃあ、行くか！」

「お！　やる気になりましたね。スキルを覚えると、やっぱりやる気が上がりますからね。早いうちに坊ちゃんにも体験してほしくて。ダンジョンには行きますが、安心してください。俺が坊ちゃんを守ります。坊ちゃんには、そうですね。ホーンラビットあたりから始めましょうか」

饒舌《じょうぜつ》に語り出したマチューと一緒に、オレは練兵場を後にした。

その時、アンベールに睨《にら》まれているように感じたのだが……気のせいだよな？

第二章 初めてのダンジョン

練兵場を出たオレとマチューは、そのまま屋敷を出て街に来ていた。

街に来るのは久しぶりだな。オレが前世の記憶を思い出してからは初めてのことだ。

大通りには何台もの馬車が行き交い、人々で溢《あふ》れていた。活気があるね。

街を中心の方に歩いていくと、高い壁が見えてきた。そして、道行く人々も武装した人が増えていく。

彼らはおそらく冒険者だ。この街、ダンジョン都市オレールは、ダンジョンを中心に栄えた街である。街の中心にはダンジョンへの入り口があり、その周りは高い壁に囲われていた。上空から見れば、まるでドーナツのように壁に囲まれた街の形が見えるだろう。

ここオレールの街は、今では冒険者の聖地だ。元々街道から外れた場所にあり、人が住んでいるどころか人通りもなかったのだが、ダンジョンが見つかってからすべてが変わった。

まず冒険者たちがダンジョンに通い始め、その冒険者を目当てに商人たちが集まり、少しずつ街を形成していった。

この街は、ダンジョンがあったから、そして、冒険者たちが集まったから生まれた街なのだ。そういった理由から、オレールの街は冒険者にさまざまな優遇措置を取っており、冒険者の街、冒険者の聖地なんて呼ばれている。

「ご苦労さん、これ頼む」

「マチューか。そちらの方が？」

「そうだ」

ダンジョンを囲む壁にたどり着くと、警備兵にマチューが四角いなめし革のようなものを差し出していた。

「マチュー、それはなんだ？」

「これは兵士の身分証明書みたいなもんですね。こいつがあると、ダンジョンに同行者を連れていくことができるんです。ダンジョンは本当は十五歳からじゃないと入れませんが、俺となら坊ちゃんも入れますよ」

周りを見ると、やっぱりダンジョンだから冒険者ばかりだ。冒険者たちは、首に下げたネックレスのようなものを警備の兵に見せてダンジョンに入っていく。

「冒険者たちは持ってないんだな。あの首のものは冒険者に登録すると貰《もら》えるのか？」

「ん？　ああ、冒険者証のことですか？　そうですね。冒険者ギルドで登録すると貰えるみたいですが、坊ちゃんには必要ないですよ」

「なぜだ？」

「坊ちゃんは領主様の一族ですから、それを証明するものがあれば、十五歳になったら入れるようになりますよ。領主様は個人の強さを信奉していらっしゃいますから、むしろ積極的にダンジョンに行くように言われるんじゃないですかね」

「なるほど……」

あの脳筋の親父《おやじ》殿ならありえるな。そして重要な情報も手に入った。

ダンジョンは十五歳からじゃないと入れないらしい。だが、兵士の護衛があれば、十四歳以下でも入れるようだ。

そして冒険者が首から下げていた冒険者証。あれがあればダンジョンに入ることができる。

ゲームでは、戦闘パートは十五歳で成人してからが本番だったからな。そんなルールがあるとは知らなかった。

でもまぁ、考えてみれば子どもが大人の護衛なしでダンジョンに入るのは危険だよね。ダンジョンは成人してからというのは、頷《うなず》けるルールだ。

だが、オレは一刻も早く強くなりたい。しばらくはマチューにお願いしてダンジョンに連れていってもらおう。

「これがダンジョンか……」

壁の内側に入ると、小規模な白いピラミッドがあった。継ぎ目がなく、何の素材でできているのかもわからない。

「さっそく入りましょうか」

「ああ」

マチューと一緒にピラミッドの中に入ると、四角い部屋に出た。部屋の中は地下だというのにほんのり明るかった。部屋の中央には、腰くらいの高さの変なモニュメントのようなものがあった。

ゲームの通りだな。

「坊ちゃん、まずはダンジョンに登録しましょう」

「登録？」

「あの石に触ってください」

「ああ」

マチューに言われるがまま中央のモニュメントに触れると、少しだけ手が熱くなった。そして、目の前にウィンドウのようなものが現れて、一〇一と書かれていた。

「うお!?」

ファンタジーな世界なのに、まるでSFのような演出に驚いてしまった。

「坊ちゃんにも見えたんですね？　それは、登録した人が何階層まで攻略したか教えてくれるんですよ。それから、攻略済みの階層へと転移することもできます」

「へー……」

このあたりはゲームと同じ仕様だな。

「坊ちゃんは初めてダンジョンに来たので、〇《ゼロ》と書かれているはずです。これから第一階層に行きましょうか」

「あ、ああ……」

一〇一って書いてあるんだけど……？

これって百一階層までクリアしたことになってるってことか？

なんでだ？　オレはまだ一階層もクリアしてないんだが……。

もしかして、前世のゲームのクリア情報になってる……？

たしかに、オレは突破率二％という最難関ダンジョンであるこのダンジョンをクリアした。何度も何度も失敗したけど、諦めずに挑戦した。おかげで留年が確定しちゃったけどな。それでも、ダンジョンをクリアした時の達成感は忘れがたいものだった。

そして、ダンジョンの攻略報酬である最強武器を手に入れた時にはリアルで泣いたほどだ。

そのデータが残ってるというのは嬉《うれ》しい反面複雑だ。

もしかして、クリア報酬である最強装備はもう貰った判定となり、新たに貰えないのでは？

ぶっちゃけそれはかなり困るんだが……。

ゲームでの最強装備は、ダンジョンのクリア報酬に設定されている場合が多い。強くなりたいオレにはどうしても欲しいアイテムだ。

だが、ここがダメなら他のダンジョンでもダメだろう。

果たして、オレはちゃんとダンジョンクリア報酬を貰えるのか？

「坊ちゃん、行きますよ」

「ああ……」

オレは謎を抱えたままマチューに続いて第一階層を目指した。

ダンジョンの中は光源がないのに明るかった。まるでダンジョンの通路自体が光っているみたいだ。通路の横幅は広く、三メートルはあるだろう。そんな通路が迷路のように分岐しながら続いている。

「せや！」

オレは右の拳に塡《は》めたナックルダスターを強く握ると、額から鋭いツノを生やした小柄な茶色いウサギのモンスター、ホーンラビットに向けて正拳突きを繰り出した。

ホーンラビットの顔を殴ると、まるで小枝を折るような骨が砕ける感覚が拳に返ってきた。ホーンラビットが吹き飛び、通路に落ちると同時に白い煙となって消えた。

これって倒したってことでいいんだよな？

達成感からか、なんだか少しだけ体が熱くなる。

まぁ、ホーンラビットなんてゲームでは最底辺のザコモンスターだったからこんなものかな？

「お見事です、坊ちゃん。体は熱くなりましたか？」

「ん？　ああ、なんだか体が熱い」

「それがモンスターの『存在の力』の吸収です。坊ちゃんはこれで少し強くなりました！　この調子でどんどん倒して強くなっていきましょう！　今日は第一階層をクリアして、ファストブローを覚えるのが目標です！」

「ああ」

ステータスを見ることができれば、あとどれくらいでレベルアップするかわかるんだが、ないと不便だなぁ。

「ん？　なにか落ちてるぞ？」

「え？　ああ、ドロップアイテムですね。一回目からドロップなんて、坊ちゃんは運がいいですね」

落ちていたのは、手のひら大のウサギの毛皮だった。

ドロップアイテムもゲーム通りか。オレはマチューが拾ってくれたウサギの毛皮を収納空間に収納した。

オレはそれから何度かホーンラビットと遭遇し、これを撃破した。第一階層はホーンラビットしか出現しないのもゲーム通りだ。

「せやっ！」

ホーンラビットの突進を避《よ》けて、そのがら空きの胴体に右の拳を打ち込む。

ホーンラビットは断末魔の声をあげることなく吹っ飛び、壁に当たってボフンッと白い煙となって消えた。

その時、なぜかオレは唐突に『ファストブロー』が使えることに気が付いた。

これが技を覚える感覚なのか？　なんだか変な感覚だ。

「ファストブロー！」

オレの右腕が勢いよく打ち出され、宙を穿《うが》つ。実際に使ってみないことにはわからないが、初めて覚えた技だ。そのうち使うこともあるだろう。

だが、スキルを使うと、ＭＰを消費する。オレの場合【収納】でもＭＰを使うから、ＭＰの管理は慎重にしないとな。

「坊ちゃん！　ファストブローを覚えたんですね！　おめでとうございます！」

「ああ。マチューのおかげだ。ありがとう」

「い、いえ……。坊ちゃんの努力が実ったんですよ！」

マチューは少しだけ驚いたような顔を浮かべ、その後、男臭い笑みを浮かべてみせた。マチューが何に驚いたのかは不明だ。

「この調子で、第一階層を突破しちゃいましょう！」

「ああ！」

「あ！　ホーンラビットがいましたよ！」

マチューの声に振り向けば、通路の分かれ道にホーンラビットがいた。ホーンラビットは、こちらに背を向けていて、まだこちらに気付いていない。チャンスだ。

オレがホーンラビットに向かってダッシュしようとした時、オレを追い抜くように中年の冒険者がホーンラビットに突っ込んでいく。

「おらあ！」

そして、そのままホーンラビットを倒してしまった。

こいつも冒険者か？　お世辞にも装備が整っているとは言えないな。剣も安物っぽい。

「こら、お前！　それは坊ちゃんの獲物だぞ！」

「チッ。どっかのボンボンかよ……。とにかく、こいつは俺が倒した。俺の獲物だ。横取りしたらただじゃ済まねえぞ！」

「こいつ！」

「横取りするつもりはない。行くぞ、マチュー」

「……はい」

なんか嫌な感じの冒険者だ。

ゲームでは他の冒険者はイベントがない限り出てこなかったが、この世界では普通に冒険者たちがダンジョンに潜っている。

もう何人かの冒険者とすれ違っていた。

先ほどのようにモンスターの横取りもあるのか。これからはモンスターだけではなく、周囲の冒険者たちにも気を付けないといけないな。

「マチュー、モンスターの横取りというのはよくあるのか？」

「はい……。とくに低階層にいる冒険者のモラルは最悪です。先ほどの冒険者は違うでしょうが、中には率先して冒険者を襲って戦利品や装備を奪う賊のような輩《やから》もいまして……。兵士の方でもその存在は確認しているのですが、なにぶんダンジョンは広大なのですべて巡視するには人手が足りてないのが現状です……」

「なるほど……」

ダンジョン内の冒険者を狙う賊もいるのか……。ますます他の冒険者の存在には気を付けないとな。

ダンジョンの中は、兵士の目が行き届かない一種の無法地帯と思った方がよさそうだ。

「あ！　坊ちゃん、見えてきましたよ。あそこが第一階層のゴールです！」

暗い雰囲気になったからか、マチューが明るい調子で言った。

マチューの指差す方向には、入り口で見たのと同じようなモニュメントと、下へと続く階段が見えた。

「これで坊ちゃんも第一階層クリアです。この石に手を当ててください」

「ああ」

マチューの言う通りモニュメントに触れると、やはり一〇一という数字が見えた。


「聞いてください、父上、母上！　私は今日、ダンジョンの第八階層をクリアしました！」

「おぉ！　さすがは我が息子だ！　その調子で励むといい」

「わたくしも誇らしいです、アンベール」

「ありがとうございます！」

ダンジョンから帰ってくると、屋敷の玄関でアンベールと両親が談笑していた。

ジルベールとアンベールの父親であるフレデリク・ムノー侯爵と、母親のアデライド・ムノーだ。

両親なんて久しぶりに見たな。

「ん？」

その時、フレデリクがオレの存在に気が付いた。

「チッ。失敗作め……。目障りだ。消えろ！」

実の父親の言葉とは思えないね。母親も憎々しげにオレを見ている。だが、家族からのジルベールの扱いなどこんなものだ。

いない者扱いされるだけならまだいい方で、ひどい時には暴言を吐かれる。さらにひどい時は、いわれのない暴力だって受けた。

「失礼しました」

オレはそれ以上そこにいるのも嫌になって早々にその場を後にした。

アンベールの勝ち誇ったような嫌な笑みが頭にこびりついていた。

ジルベールだって、ギフトが【収納】だと判明するまでは蝶《ちょう》よ花よと育てられていたんだよ？

それが、ギフトが判明してからは、家族や使用人から手のひらを返したような対応を受けた。アンベールのギフトが【剣聖《けんせい》】だと判明してからはもっとひどくなった。そりゃ、ジルベールも心を病むよね。

まぁ、前世の記憶を思い出したオレにとっては、肉親というよりも近くにいる他人といった感覚の方が強い。

そこまで彼らの態度に心を乱されない。まぁ、多少は心がざわめくけどね。でも、以前よりはずっとマシだ。

「坊ちゃま。エロー男爵家のアリス嬢がお見えです」

デボラがやってきた。

デボラはオレが生まれた時からお世話をしてくれている肝っ玉母さんのような中年メイドだ。

ジルベールが荒れていた時も、デボラはずっとオレのメイドとして仕えていた。ジルベールの蛮行には呆《あき》れ果《は》てていたが、デボラからの信用は最近少しずつ回復していると言える。

思えば、デボラはジルベールの行動に呆れ果てていたが、決して見捨てるようなことはなかったな……。

屋敷のみんながジルベールのことを無視し始めてからも、デボラはいつもジルベールのことを叱ってくれた。気にかけていてくれた。

「坊ちゃま？　どうかしましたか？」

「いや。それよりアリスが来たんだろ？　案内してくれ」

「かしこまりました」

そのままデボラに案内されて、アリスが待つ応接間へと入る。

「やあ、アリス。久しぶりだね」

「お、お久しぶりです。ジルベール様……」

オレが部屋に入ると、アリスがすぐさま立ち上がってオレに深々と頭を下げた。その顔は少し緊張しているが、以前のような嫌な緊張感や嫌悪感は浮かんでいない。

少しはオレに慣れてくれたのかな？　そうだと嬉しい。

「デボラ、お茶の準備をしてくれ」

「かしこまりました」

お茶の準備と聞いて、アリスがそわそわしだした。きっとおいしいお菓子でも想像しているのかな？　かわいらしいね。

アリスを見ていると、まるで懐きにくい小動物を見ているようだ。できればこのまま好感度を上げたいところである。

「あれ？」

ソファーに座り、アリスにも座るように勧めようと思ったところで、アリスの右手の甲が紫色に腫れていることに気が付いた。

「アリス、その手はどうかしたの？」

「あ……。その……。か、階段から落ちてしまって……」

アリスが右手の甲を隠すようにして呟《つぶや》いた。

「そうなの？　危なかったね。痛いだろう？　他に怪我《けが》はない？　すぐにデボラにポーションを用意させるよ」

階段から落ちるって危ないよね。怪我はしたみたいだけど、アリスが無事でよかったよ。

「え？　でも……」

「遠慮しないで。うちは練兵場もあるからね。ポーションの備蓄も山ほどあるんだ」

アリスは遠慮がちな性格だから、なるべくなんでもないことのように言ってのける。

幼い子がこんなひどい怪我をしてるんだ。ポーションくらいドバドバ使うさ。

■第三章

もう一つの顔

数日後。あれからオレは、毎日のようにマチューと一緒にダンジョンに潜っていた。

この世界でも、実戦に勝る稽古なしって言葉があるらしい。午前中はランニングとマチューと一緒に型稽古。午後からはダンジョンというのが最近の日課だ。

「せやっ！」

ゴブリンの粗末な槍《やり》をサイドステップで避《よ》けて、その顔面に右のナックルダスターを叩《たた》き込《こ》む。

ゴブリンがボフンッと白い煙になるのを見届けることなく、オレは前転する。

オレの背中の上を二本の槍が空を穿《うが》つのを感じた。

前転したオレは、すぐに立ち上がって振り返ると、二体のゴブリンの姿を捉えた。

「せあっ！」

右側のゴブリンの後頭部に右のナックルダスターを叩き込む。すると、自然と左の拳が振りかぶられる。返す拳で左側のゴブリンを左のナックルダスターで穿つ。

ゴブリンたちは断末魔の声をあげることなくボフンッと白い煙となって消えた。カランッと音を立てて、通路にはゴブリンのドロップアイテムである棍棒《こんぼう》が一本落ちていた。マチューが拾ってくれた棍棒を収納空間に収納する。ただの木の棒だが、せっかくのドロップアイテムだからね。一応収納しておく。

「ふぅー……」

三体のゴブリンを片付け、オレは額の汗を拭う。

「坊ちゃん、お疲れさまです！　いい動きでしたね！」

「ああ、ありがとう」

不測の事態に備えていたマチューに礼を言う。マチューが笑いながらタオルを手渡してくれたので受け取って顔を拭った。

「さすがに第五階層となると、厳しくなるな」

「そうですね。一体一体はそう強くもないんですが、数が集まると途端に難しくなります。攻撃をすると、必ず隙が生まれてしまいますからね。それをどうカバーするか考えないといけません。場合によってはチャンスを見逃すという選択も必要です。パーティを組んでいればそうでもないんですが、坊ちゃんはソロなので」

そうだよなぁ。ダンジョンは普通パーティを組んで挑むものだ。マチューがいるとはいえ、実質ソロで挑んでいるオレが異端なのだ。

「この先はボス部屋ですから引き返しましょうか」

「ん？　ボスは倒さないのか？」

ダンジョンは五階層ごとにボスがいる。先に進むためにはボスを倒す必要があるのだ。

「さすがに二人では難しいですね。もしかしたら勝てるかもしれませんけど、危険です。坊ちゃんの目的はダンジョンの攻略ではなく、強くなることなので。しばらくはこの第五階層で一対多の戦闘に慣れましょう」

「そうか……」

ボス部屋まで来たのにボスに挑戦しないというのはモヤモヤするな。だが、マチューの言うこともわかるつもりだ。オレは腐っても侯爵家の人間だからな。そんなオレが死んだりしたら、マチューの責任問題になってしまう。

まぁ、オレが死んでも誰も悲しみそうにないが……。

だが、対外的にマチューを処罰しないのはありえない。マチューが安全マージンを取るのもわかる。

でもなぁ……。この五階層でレベル上げっていっても効率が悪すぎる。どうにかもっと深くダンジョンに潜りたいが、マチューは絶対に首を縦には振らないだろうし……。どうしたものかな？

ダンジョンからの帰り道。オレはどうにか第五階層のボスに挑戦する方法を考えていた。

それに、オレの到達階層が第百一階層になっているのも気になるところだ。本当に前世の記録が反映されているのだろうか？

オレはダンジョンクリア報酬である最強武器を手に入れることはできるのか？

このあたりも確かめてみたい。

一度、一人でダンジョンに行きたいところだが、それだと今度は年齢制限に引っかかる。

さて、どうしたものか……。

「坊ちゃん、冒険者ギルドに行きましょう」

「冒険者ギルド？」

ダンジョンから出て、オレールの街の中心街まで戻ってきた時、マチューが提案してきた。

「冒険者ギルドに登録でもするのか？」

それならオレも一人でダンジョンに潜れるようになるから嬉《うれ》しいんだけど。

しかし、マチューは苦笑を浮かべながら口を開く。

「違いますよ。今までの戦利品を売るんです」

「戦利品を……？」

そういえば、オレの収納空間には、これまで倒してきたモンスターのドロップアイテムが眠っている。それを売るってことか？

「はい。今まで拾ったアイテムを売っちゃいましょう。坊ちゃんは怒るかもしれませんが、坊ちゃんのギフトは便利ですね」

「まあな」

そんなこんなでマチューに連れられて、オレは冒険者ギルドにやってきた。

大通りにある石造りの堅牢《けんろう》な建物。それが冒険者ギルドだった。

大きなドアを開けて入ると、冒険者が大勢いた。ちょうどダンジョンから帰ってきた冒険者たちだろう。左側には飲食スペースもあるのか、冒険者たちがガヤガヤと祝杯をあげているようだった。どうやら左側が飲食スペース、右側が受付カウンターになっているようだ。

「坊ちゃん、こっちです」

「ああ」

マチューの案内で右側のカウンターの受付に進む。カウンターには、多くの冒険者たちが並んでいた。

「ちょっと待っててください。今、冒険者たちを退《ど》かしますんで」

「いや、オレは並ぶよ」

「そうですか？　まぁ、その方がありがたいですがね」

なぜかマチューがニコニコしながら言う。謎だ。

マチューと一緒に冒険者たちの後ろに並んだ。冒険者たちは変なものを見るような目でオレたちを見ていた。

「お！　マチューの旦那じゃねえか。今日もお守りか？　お役人は大変だな」

「まあな」

意外だったのだが、マチューは冒険者にも顔が広いらしい。

「噂《うわさ》ではあのジルベール様のお守りなんだって？　旦那も貧乏くじ引いたなぁ」

「ジルベール様の前でなんてこと言うんだ！」

「あん？　ジルベール様なんていないじゃねえかよ？」

「ここにいらっしゃるだろ！」

マチューがオレを指差すと、冒険者たちの視線がオレに集まった。

「は？　いやいやいや。なに言ってるんだよ？　ジルベール様はもっとブタみたいに太ってただろ？」

「そうそう。今にもブヒーって鳴きそうだったぜ？」

冒険者の一人が自分の鼻先を押し上げて、ブヒーと鳴いた。それを見て周りの冒険者たちも大爆笑だ。

いや、まぁ、うん……。ジルベール君は領民にも無茶《むちゃ》な命令してたから嫌われてるのはわかっていたけど……。ひどくね？

「やめろやめろ！　坊ちゃんは変わられたんだ！」

ブタの真似《まね》をした冒険者を小突き、マチューがオレがいかに変わったかを冒険者に聞かせていく。

「たしかに昔の坊ちゃんはそれはもうひどかった。だが、坊ちゃんは変わられたんだ。こんなにお痩せになったし、格闘術の腕もメキメキ上がっているぞ？」

「マジでその子どもがジルベール様だってのか？」

「そう言ってるだろ。昔の坊ちゃんならもうとっくにキレているが、見ろ！　この穏やかな表情を！坊ちゃんは精神的に大きく成長なされた！」

「マジか……」

「えぇー……。その、ジルベール様？　すみませんでした！」

「すみませんでした！」

冒険者たちは半信半疑の様子だったが、とりあえずマチューの言葉を信じることにしたようだった。

「坊ちゃん、こいつらも悪気があったわけじゃないんです。許してやってください」

「ああ。今までのオレの身から出た錆《さび》だからな。オレはお前たちを許そう。それから、今まですまなかったな」

「あのわがままジルベール様が俺たちに頭を下げられた？」

「これは夢か？　誰か俺を殴ってくれよ」

「おう！」

「てめ！　いてえじゃねえか！」

「ええ!?」

「次の方どうぞー」

ちょっとした乱闘騒ぎになりそうになったその時、やっとギルドの受付嬢に呼ばれ、マチューと一緒にカウンターへと進んだ。

収納空間から次々と今まで収納していたドロップアイテムを出して受付嬢に渡し、その売上金を貰《もら》う。

そういえば、前世ではバイトも仕事もしていなかったから、前世を含めて初めて得た労働の対価だな。初任給と言ってもいいかもしれない。ゲームでは何度もアイテムの売り買いはしたが、なんだか自分の努力が認められたみたいで感動的だ。

貰った額はそこまで多くない。だが、家族に嫌われて歳費も雀《すずめ》の涙のオレにとっては大金だった。

「よかったですね、坊ちゃん」

「ああ！」

せっかく初めて自分の努力で得ることができたお金だ。有意義なことに使いたい。

そうだ！　あれがいいかもしれない！

オレはお金の使い道を決めながら、マチューと一緒に屋敷に帰るのだった。

その日、日課のランニングをこなし、マチューとの稽古を終えた後、オレは一人で街に繰り出していた。本来なら、護衛や使用人が付いてくるところだが、オレには付いてこない。楽でいいね。

「さて……。まずは服だな。それと、顔もどうにかしないと……」

さっそくオレは冒険者用の服が売っている店に入る。ダンジョン都市オレールは冒険者の街だ。冒険者用の店がいたるところにあり、探すのには苦労しなかった。

店に入ると、鎧下《よろい》や革製の服などさまざまな種類の服が並んでいた。

「これとかいいんじゃないか？」

オレが手に取ったのは、安物の白色の斥候職用の装備だった。これなら動きの妨げにはならないし、ダンジョンの中は白いから目立たないだろう。

装甲は紙みたいなものだが、オレにはある秘策があった。

近くにあった白い骸骨の仮面も一緒にこの前ドロップアイテムを売って得たお金で買うと、オレはいそいそと着替えて冒険者ギルドへと向かう。

そう。一人でダンジョンに入れるようにするためだ。

ダンジョンに入るには、いくつか方法がある。オレが今回目を付けたのは、冒険者証を手に入れることだ。

オレは栄養状態が良かったのか、十一歳にしては身長が高い方だ。小柄な成人と偽ることは可能だろうと思ったのだ。現に、オレと同じくらいの身長の冒険者もいたからな。たぶんいける。

「いらっしゃいませ。本日はどのようなご用件でしょうか？」

「冒険者として登録がしたい」

オレは意識して低い声を出した。オレはもう声変わりをしているし、必要ないといえば必要ないのだが、少しでもオレがジルベールだとバレるのを防ぐためだ。

「かしこまりました。一応確認いたしますが、成人していますか？」

「ああ、今年で十六になる」

「こちらの紙に名前のご記入お願いできますか？　代筆も承っておりますが……」

「代筆で頼む。名前はジャック」

「ジャックさんですね」

その後もいくつか受付嬢の質問に答え、オレは羊皮紙が革紐《かわひも》にぶら下がった首飾りを受け取った。

「ジャックさんは、一番初めの階級であるペーパー級になります。いくつかクエストをこなしたり、ダンジョンで一定階層以上をクリアすると、次の階級であるホワイトウッドになれますよ。詳しい説明を聞きますか？」

「いや、ダンジョンに入れればそれでいい」

オレはべつに冒険者としての栄達を望んでいるわけじゃない。文字通り、ダンジョンへ入れる以上のことは求めていないのだ。

「ダンジョンに入るおつもりであれば、パーティを組むことをお勧めしています。パーティ参加希望を出しますか？」

「必要になれば出そう。世話になった」

オレは受付嬢との会話を早々に打ち切ると、ダンジョンへと向かう。

どうやら仮面のおかげでオレがジルベールだとバレなかったみたいだな。もしかしたら、実年齢も仮面のおかげで騙《だま》せたかもしれない。

「ペーパー級か、気を付けろよ」

「ああ」

ダンジョンを警備している兵士に冒険者証を見せてダンジョンの中へと入る。

そして、最初の部屋の中央にあるモニュメントに手で触れると、やはり一〇一と表示された。オレの最高到達階層は第百一階層になっている。

「じゃあ、いくか」

オレは一〇一の数字をポチッと押すと、瞬間、景色が歪《ゆが》んだ。

目の前に広がるのは、この世のものとは思えない黄金の宮殿だ。

床も天井も壁も、すべてが黄金に輝き、精緻な細工が施されている。きっとこの世を統べた帝王でもこの景色は作れまい。

これこそがダンジョン踏破者のみが見ることができる景色だ。ゲームで見た時は成金趣味だと思ったものだが、成金趣味もここまでくると凄《すご》みすら感じるね。まるで自分が矮小《わいしょう》なものになった気分だ。

「さて……」

オレは一歩ずつ確かめるように黄金の階段を上っていく。階段の頂上に見えてきたのは黄金の開放された両開きの扉だ。

まるでオレを迎え入れるように開かれているが、これも試練の一環なのだとオレはもう知っている。

「いるんだろ？　出てこいよ」

そう言ってみても黄金の神殿にはなにも変化がない。

やっぱり、入らないと作動しないのかな？

「はー……。ふー……」

緊張からか、体が震えた。オレは大きく深呼吸すると、じっと黄金神殿の中を検分する。

黄金神殿の中には、なにもなかった。本来そこにあるべき宝箱も、財宝も、なにもかも。

だが、これでいい。

「いくか……！」

オレは自分で両頬を張ると、気合いを入れ直した。

黄金の神殿の入り口で足を止め、大きく深呼吸する。これから最後の番人との決戦だ。

覚悟を決めて一歩足を踏み入れると、黄金神殿の中央にまるで湧き出したかのように漆黒の水溜《みずた》まりが現れた。

漆黒の水溜まりから飛び出してきたのは、まるでオレと瓜二《うりふた》つの格好をした影だ。

これこそがこの黄金神殿最強の守護者《しゅごしゃ》にして宝箱の番人。もう一人の自分だ。

「まぁ、出てくるよな。前世のデータの最強装備じゃないだけマシかな……」

影は今のオレの姿をしている。その装備品も今のオレと同じだ。そして、ステータスも同じ。まったくの同一人物だ。

オレは今からこいつを倒さなくちゃいけない。そうしないと、最強装備が手に入らないからな。

静かにファイティングポーズを取ると、影もまるで鏡写しのようにファイティングポーズを取った。

ん？

影がゆっくりと体を前に倒してる……？

「ッ!?」

次の瞬間、影がオレの懐に飛び込んできた。何の前触れもない突進。縮地だ。こいつ、縮地を使いやがった!?

縮地なんてスキル、ゲームにはなかったぞ!? オレだけが知っている前世の知識だ! まさか、オレの頭の中までコピーしたっていうのか!?

なんとか転げ回るようにして影の一撃を回避する。影の拳の速度も尋常じゃなかった。おそらく『ファストブロー』のスキルを使ったのだろう。

「怖すぎるだろ……」

前世のゲームの時は、最強ステータスの最強装備の影が出てきて倒すのに苦労した。

それに比べれば、たしかに遥《はる》かに弱い影だ。

だが、今のオレと同じ能力を持っている。それがこんなに厄介だなんて……。

心の中でどこか下に見ていた影の脅威度を上方修正する。

オレは素早く立ち上がると、影に向き直った。

影は後方に収納空間を展開していた。

ヤバいッ!?

ボウンッ!!

風切り音の多重奏が響き渡り、漆黒のボルトがまるで暴風雨のように横殴りに吹き荒れる。

「ふぅー……」

なんとか収納空間の展開が間に合い。漆黒のボルトの群れを収納することができた。あと一瞬でも遅れていたら、オレはミンチになっていただろう。まったく、恐ろしい技だな……。

オレは収納空間を後方に展開し直すと、再び影と向き合う。

影は収納空間を後方に展開したままだ。

よくよく注意して見ると、影がまた体軸を前方に少しずつ倒していた。縮地の前兆だ。

その瞬間、飛び込んできた影にカウンターを狙う。

「ファストブロー！」

オレの『ファストブロー』は、飛び込んできた影の額にクリーンヒットし、影を殴り飛ばした。

追撃のためにダッシュすると、影の収納空間がオレの行く手を阻む。

「チッ！」

ボウンッ!!

影の発射したボルトの群れを収納空間に収納してなんとかやり過ごすと、その隙に影は体勢を立て直していた。

邪魔だな、収納空間。こんな使い方もあるのか。

収納空間は大砲みたいなものだ。それが常にオレに照準を合わせているのは縮み上がる思いだ。受け損ねれば、即座にミンチになってしまう。

影はオレから一定の距離を取ると、またしても縮地の前兆を見せた。

またカウンターを入れてやろうとしたところでふと気が付く。影の収納空間が移動している。

ボウンッ!!

そのことに気が付くと同時に、漆黒のボルトが再び吹き荒れる。

オレは即座に収納空間を前方に回して漆黒のボルトの嵐を乗り越えた。

危なかった。またカウンターを狙っていたら、ミンチになっていたかもしれない。

だが、オレの視界は自分の収納空間によって遮られてしまった。これではどこに影がいるのかわからない。

そう思っているだろ?

そうならないようにわざと足元が見えるように隙間を空けておいたんだ。

オレは収納空間を高速で横に展開する。影が殴りかかってきたのはそれと同時だった。

オレは影の拳を敢《あ》えて無防備に受ける。それよりも大事なことがあるからだ。

影は、オレを殴るために一歩踏み込んで触れてしまったのだ。オレの収納空間にな。

あとはもう火を見るより明らかだ。

オレは収納空間を解除すると、影が上半身と下半身に分断された。そして、飛んできた影の上半身にアッパーを喰《く》らわせる。

完全に腰から下を失くした影の体が宙を舞った。

「あばよ」

ボウンッ!!

オレは今まで溜め込んだ漆黒のボルトを影の上半身に叩き込む。

影はまるで爆発するように姿を消し、黄金神殿の中央には大きな宝箱が現れた。

宝箱は閉じた状態だ。否《いや》が応《おう》でも期待値が上がっていく。

「ごく……ッ」

オレは唾を飲み込むと、意を決して黄金の宝箱を開ける。

「おおおおおおおおおおおおおおおおおお！」

オレは思わず雄叫《おたけ》びをあげてしまった。中に入っていたのは、大きな歯車を思わせる白いナックルダスターだ。これこそが作中最強装備『英知の歯車』。まさか、本当に手に入るとは思わなかった。

「かっけー！　マジか!?　本当にこんな序盤で手に入れちゃっていいんですか!?」

興奮から久しぶりに敬語が出てしまった。

さっそく手に嵌《は》めると、英知の歯車はしっくりと手に馴染《なじ》んだ。

「やべー……。まだゲーム開始前なのに英知の歯車が手に入るとか。どんなチートだよ!?　やっべーわ」

英知の歯車は、ゲームに登場する格闘装備の中でも最高の性能を誇るナックルダスターだ。その攻撃力の高さはもちろん、追加効果として無属性の魔法ダメージが発生する極悪性能だ。単純に手数が倍になるし、物理ダメージに耐性があるモンスターにも有効というオールマイティーな武器なのだ。

待てよ？

「ここでダンジョン最終階層の踏破ご褒美貰えるってことは、他のダンジョンでも貰えるのでは？」

やっべー！　テンション上がってきたー!!


「ふんふふんふんふんふーん♪」

作中最強装備である英知の歯車を手に入れたオレはかなり上機嫌だった。

鼻歌も歌うし、スキップだってしちゃう。

そんなオレは今、ダンジョンの第五階層に来ていた。マチューには止められたが、第五階層のボスを倒してしまおうと思ったのだ。英知の歯車を手に入れたオレなら楽勝だろう。

それに、この前得たドロップアイテムを売ったお金はまだ残っているが、なにかあった時のためにお金を稼いでおきたい。

遭遇したゴブリンをボコボコにしながらスキップでボス部屋の前までやってきた。

「御開帳～♪」

オレはなんの気負いもなくボス部屋の扉を開ける。

中にいたのは、オレとほぼ変わらないくらいの背丈の筋肉質なゴブリンだった。ホブゴブリンだ。

それが三体。これが第五階層のボスだ。

オレはボス部屋に入ると同時に右のホブゴブリンへとダッシュする。もう浮かれた気持ちはない。

まるでカチッとスイッチを切り替えるように戦闘モードになる。

右のホブゴブリンは槍を持っていた。スッと突き出された槍を躱《かわ》し、ホブゴブリンの顔に左右のワン・ツーを繰り出す。その時、英知の歯車が光ると、白色の光を放つ。

これが英知の歯車の効果の一つ。無属性魔法の追加ダメージだ。

都合、四連続の連撃を受けたホブゴブリンは、ボフンッと白い煙となって消えた。

まずは一体。

やはり英知の歯車は強いな。まず基礎攻撃力からして違うというのがわかる。それに、英知でぶん殴るとか最高に洒落《しゃれ》がきいてて乙だ。

「やっぱすげーや！　さすが最強装備！」

残った二体のホブゴブリンも苦労せず倒し、オレはすっかり英知の歯車の性能に惚《ほ》れ込んでいた。

白い歯車を二つに割ったような見た目もカッコいいしな。言うことなしだ。

オレは第五階層のモニュメントに触れると、階段を降りて第六階層へと向かう。

第六階層も白い幅広の通路が続いていた。

しばらく歩くと、床に水溜まりのようなものがあった。その中には、赤い宝石のようなものが落ちている。

「なんだあれ？」

そのまま近づいていくと、水溜まりがぷるるんと脈打ち、重力に逆らって球体になる。ここまでくればオレにもその正体がわかる。

「スライムか！」

オレはダッシュで距離を詰め、右の拳を繰り出した。拳は見事スライムの核である赤い宝石を砕くことに成功した。スライムがボフンッと白い煙となって消えた。

だが……ッ!?

「いつッ!?」

右腕が痺《しび》れるような痛さに襲われる。急いで右腕を見ると、まるで日焼けしたように赤くなっていた。左右の腕を見比べると、明らかに色が違う。

「もしかして、スライムって触るとヤバい感じ……？」

ゲームでは、スライムの技に『溶解液』というものがあった。もしかしなくても、スライムって劇薬の塊みたいな感じなのか？

まだ低層のスライムだから皮膚が赤くなるくらいで済んでいるが、強力なスライムとの戦闘では気を付けないとな。

「しかし、どうするか……？」

しばらくはスライムが出現する階層が続くはず。スライムを無視することもできるが、リスクをそのままにするのはあまりよろしくない。

なにか対策を考えなければ……。

「ようは触らなければいいんだろ？」

対策はすぐに考えられた。というか、もうオレは手段を持っていた。

そのままダンジョンの白い通路を進んでいくと、今度は天井にへばりつくスライムを見つけた。

あれって、気が付かずに下を通ると降ってくるんだろうか？

いくら低層の弱いスライムとはいえ、頭から被《かぶ》ったら悲惨だろう。ハゲないか心配だ。絶対に見逃さないようにしよう。

「収納……！」

オレは収納空間を展開すると、あるものを取り出した。

パシュンッ!!

空気を切り裂く音が響き、その瞬間にスライムが弾《はじ》ける。そして、スライムは白い煙となって消えた。討伐成功だ。

「簡単に倒せたな」

まぁ、低層の弱いスライムだし、こんなものか。

オレが収納空間から取り出したのは、クロスボウで発射したボルトだ。収納空間では、運動エネルギーがそのまま保存されている。クロスボウで収納空間にボルトを撃ち込んでおけば、取り出せばいつでもクロスボウで発射したボルトが飛んでいく。

この技になにか名前が欲しいな。素直に〝ショット〟にしとくか。

その後も、オレはスライムを見つけ次第〝ショット〟で倒していった。

狙いを付けるのが難しいが、外したらまた撃てばいい。オレの収納空間には千発以上のボルトが眠っているからな。毎日空き時間にコツコツと撃ち溜めておいたおかげだ。

戦闘でボルトを使うとわかった以上、今以上にボルトを撃ち溜めておかないとな。

スライムを〝ジョット〟で倒し、スライム以外は格闘術で倒していく。

やはり英知の歯車の攻撃力の高さが光ったな。すべてのモンスターが一撃で倒せる。なんとも爽快だ。日頃溜まっていたストレスが消えていくようだった。

やっぱり家族にあんな態度を取られたら傷付くよな。自分でも知らないうちにストレスが溜まっていたらしい。

「…………けてくれー！」

爽快な気分でダンジョンの攻略を進めていると、遠くから叫び声が聞こえた気がした。

「なんだ？」

なんとなく気になって声がした方に向かうと……。

「助けてくれー！」

どうやら助けを求めているようだ。たぶん他の冒険者だろう。

さて、どうするか……？

少し悩んだ挙句、オレはとりあえず様子を見ることに決めた。助けられるなら助ければいいし、ダメそうなら逃げればいい。

タタタッ！

ダンジョンの白い通路にオレの軽やかな足音が響く。まずは状況確認だ。

「や、やべえ！　た、たすけ、ぐほッ!?」

「ジョルジュ!?」

「いやあああああああああああああああああ!?」

なんだかヤバそうな雰囲気だな。急ごう。

それにしても、こんな低層でパーティ組んでるのに負けるとか初心者かな？

通路の分岐を悲鳴が聞こえた方向に曲がると、三メートルほどの幅広な通路に三人の人影と銀色に輝く流線形が見えた。

あれって!?

オレのテンションが否が応でも上がっていく。

「メタルスライム！」

狩れば大量に経験値が貰えるレアポップモンスターだ！

こりゃ狩るしかない！

「ジョルジュ、しっかりしてください！」

「おい！　逃げるぞ！」

「ごはッ!?　に、にげろ……！」

金属スライムから伸びた触手が、盾を持った革鎧のタンク風の男の腹を貫いていた。もう一刻の猶予もなさそうだな。

「なあ、あれ貰っていいか？」

「え!?」

オレは近くにいた少女に話しかけると、絶望の中で希望を見つけたようにぱあっと顔を輝かせる。

「あの、お仲間の方は？」

「いや、オレはソロだ」

しかし、オレがソロだと知ると、その顔が再び絶望に染まる。

「おい、あんた！　あんたも逃げろ！　ありゃ普通じゃねえ！」

こちらに逃げてきた男がオレの腕を摑《つか》んで叫ぶ。

「戦う意思がないなら貰ってもいいよな？」

オレは男の手を解《ほど》きながら言うと、男がまるで変人を見るような目でオレを見た。

「あとで文句言うなよ？」

オレはそれだけ言うとメタルスライムへと走る。オレの存在に気が付いたのか、メタルスライムはタンク風の男の腹から触手を急速に引き抜いた。

オレはタンク風の男の腕を摑むと、ポーションと一緒に後方に思いっきり突き飛ばした。

「そのポーションを使っとけ！」

んじゃまあ、やりますか！

「ショット！」

まずは様子見の〝ショット〟だ。放たれたボルトはメタルスライムに当たると火花を散らして弾かれてしまう。だが、そんなのは想定通りだ。

オレは放たれたボルトと並走するようにメタルスライムに駆け出していた。

どんどんとメタルスライムへと近づいていく。

すると、メタルスライムはその流線形の体を少しだけ震わせていた。

オレにはそれがメタルスライムの攻撃の前兆だと培われた戦勘でわかった。

ビュンッ!!

メタルスライムの尖《とが》った触手がオレに向けて放たれる。その瞬間、オレは大きくサイドステップを踏んだ。メタルスライムの触手がまるで十字槍のように形を変えて迫る。

オレはギリギリのところでメタルスライムの十字槍を避けるとメタルスライムに右の拳を伸ばす。

届け！

オレの目の前に真っ黒な収納空間が広がり、メタルスライムを半分ほど呑《の》み込んだ。急激に体の熱が奪われていくのがわかった。メタルスライムを収納空間に入れたことによってＭＰが一気に減ったのだ。

「ッ！」

オレは収納を解除すると、そこには体積が半分ほどに斬られたようなメタルスライムがいた。その中心には、赤い宝石が見えた。

ボフンッと白い煙となってメタルスライムが消えていく。

「倒した……！　ぐっ!?」

オレはまるで体が内側から燃えるような熱を感じた。メタルスライムの莫大《ばくだい》な経験値、『存在の力』を吸収した証《あかし》だ。

オレは立っていることができずに片膝を突く。

体の熱と共に、まるで体がより強靭《きょうじん》に作り替えられていくような感じだ。

「うそ……………」

「め、メタルスライムが、真っ二つだったぞ!?」

「そんなバカな……!?」

背後から驚くような呆《ほう》けたような声が三つ聞こえてきた。先ほどのパーティか。

ようやく体の熱も収まり、振り向くと三人パーティが肩を震わせていた。

「あ、あなた大丈夫？　うずくまっていたけど……？」

少女が心配そうな顔で訊《き》いてきた。

「ああ、大丈夫だ。それより、そっちの男は無事か？」

「あんたから貰ったポーション使ったらすっかり傷が治っちまったよ。すげーな。おかげで命拾いしたぜ。な？　ジョルジュ？」

「ああ、助かった。この礼は……」

「礼ならいい。お前たちのおかげでメタルスライムに会えたしな」

むしろこっちが感謝したいくらいだ。おかげでオレのレベルは飛躍的に上がった。そのことが実感できるほど、オレの身体能力は今までとまるで違った。生物として一つ上の存在になれたような達成感だ。

「第六階層から第十階層までは、レアポップでメタルスライムが出現する」

たぶんこの三人ではまだメタルスライムを倒せないだろう。タンクとスカウト、ヒーラーのパーティでは、メタルスライムを倒すのに、圧倒的に火力が足りない。

「十分気を付けることだ。もしくは、魔法使いでも仲間に入れるといい」

メタルスライムの物理耐性はめっぽう高いが、魔法耐性はそこそこしかない。

「あの、ありがとうございました！」

「助かったぜ！」

「感謝する！」

「気を付けてな」

オレは後ろ手に手を振ると、ダンジョンを奥に進むのだった。


「ジョルジュ、大丈夫？」

「ああ。まったく、すごいポーションだ。もう痛くも痒《かゆ》くもない」

「金を請求されなくて助かったな」

男の言葉に、ジョルジュと少女に笑みが零《こぼ》れた。

「しっかし、この階層をソロって。しかもソロでメタルスライムを撃破ってどんな英雄様だよ。まぁ、今回は助かったけどよ。声の感じからして俺らとあんまり変わらないぜ？　いるところにはいるんだなぁ」

去り行くジルベールを見る男の目は、まるでひどく眩《まぶ》しいものを見るようだった。

「英雄か……。凄《すさ》まじいな……」

「うん……」

「とりあえず、変異個体を見つけたんだし、冒険者ギルドに報告しとくか」

彼らのこの冒険者ギルドへの報告が、謎の冒険者『白の死神』が確認された最初の目撃情報となった。


今日はなんていい日なんだ！

作中最強装備である英知の歯車が手に入ったし、レアポップモンスターであるメタルスライムを倒すことができた。おかげでレベル爆上がり、戦力爆上がりだ。

体が軽い軽い。空も飛べそうだ。今、何レベルくらいなんだろう？　少なくとも十レベルは超えてると思うけど、ステータスが見られないのは不便だな。

それに、上がったのは肉体レベルだけじゃない。格闘術のレベルも爆上がりだ。おかげで一気に使える技が増えた。後々使うこともあるだろう。

「やっぱり、【収納】は使えるな！」

メタルスライムを倒せたのは、【収納】のギフトがあったからだ。敵を切断するあの技の名前を何て呼ぼう？　シンプルに〝カット〟とかかな。ＭＰを消費するけど、その効果は絶大だ。なるべくＭＰは温存して、〝カット〟に回したいところだな。

それに、オレの善行を神様が見ていたのか、その後宝箱を三つも発見したしな。これで当面の活動費が確保できたな。

オレはルンルン気分でスキップをしながら、第六階層をクリアして街に戻るのだった。


オレールの街に戻ると、空はまだ青かったが、日はだいぶ傾いていた。午後三時か四時くらいってところかな。

再びダンジョンに潜りたい気持ちをぐっとこらえ、今後のための準備をすることにした。

まだまだ低層だからそうでもないけど、ダンジョン攻略に油断は禁物だ。今日のようにレアポップモンスターに出会えるかもしれないからな。

今日、出会ったメタルスライムもそうだが、レアポップモンスターはその階層では規格外に強いモンスターだ。ダンジョンでは、不意に強敵との戦闘がありえる。

そんなある意味迷惑なレアポップモンスターだが、プレイヤーにとってメリットもある。今日のメタルスライムのように莫大な経験値が貰えたり、強力な装備をドロップするのだ。かつてのオレもどうしても欲しい装備を手に入れるために、何度も同じ階層をグルグルと周回したものだ。

レアポップモンスターやボスとの戦闘に備えて、最善の状態でありたい。

そこでオレがやってきたのは、ハンマーが鉄を打つ音が響いてくる鍛冶屋《かじや》だ。

「いらっしゃい」

ドアを開けて鍛冶屋の中に入ると、ずんぐりとした女性に出迎えられた。店内の壁や棚には所狭しといろいろな武器が飾られている。

オレはこの鍛冶屋の腕のほどは知らないが、この冒険者の聖地で鍛冶屋を続けられているのだ。それなりの腕はあるだろう。

まぁ、オレはなにも難しいことを要求するつもりはない。たぶん大丈夫だろう。

「注文をいいか？」

「あいよ。剣かい？　いや、あんたは拳士だね？　ナックルダスターの注文かい？」

「実は鉄球が欲しいんだ」

「は？　鉄球？」

肝っ玉母さん然とした女性が不思議そうな顔でオレを見てくる。

「このぐらいの大きさの鉄の塊が欲しい。形は完璧な球体じゃなくてもかまわない。四角でもいいぞ」

オレはビー玉よりも一回り大きいサイズを指で作って注文する。女性は困惑しながらも了承してくれた。

「それでいくつ欲しいんだい？」

「とりあえず千は欲しいな」

「千個も!?」

とても驚かれてしまった。まぁ、さすがに千個は多すぎたか。だが、譲るつもりはない。

「仕事自体は簡単だから、そんなに高くはないけどねぇ。量が量だ。あんたに払えるのかい？」

「無論だ」

オレは財布から金貨を出してみせる。

「へぇー。金貨」

女性は金貨を一枚摘《つま》み上《あ》げると口を開いた。

「じゃあ、この金貨は前金としていただくよ」

オレはそれを了承の言葉として受け取る。

「じゃあ、頼むよ」

鍛冶屋で鉄球の注文を終えると、今度は冒険者用の雑貨店に向かった。

雑貨店の中に入ると、バックパックやポシェット、小物などいろいろなものが置いてある。商品を選んでいる他の冒険者の姿も見えた。

「ちょっといいか？」

「はい。何の御用でしょうか？」

「特級ポーションが欲しい」

「特級ポーションでございますか？」

店員の男性がジロジロとオレを見た。代金を払えるか疑問なのだろう。

そうだよな。白い骸骨のお面をした奴《やつ》が普通に買い物するかも疑問だ。強盗の方がお似合いだろう。

「金ならある」

オレは収納空間から財布を取り出すと、金貨を一枚出してみせた。

「失礼いたしました。ただいまご用意いたします」

金の力って偉大だなぁ。

そんなことを思いながら、オレは特級ポーションを六本買った。これで元から持っていたものと合わせると十本だ。

こういう魔法のポーションは時間経過とともに劣化するらしいが、オレの収納空間に入れておけば大丈夫だろう。だから、多めに買っておく。

オレはソロだからな。ヒーラーがいない以上、こうした回復アイテムに頼るしかない。いつかはパーティを組みたいものだが、ここまでくるとソロでどこまで行けるかチャレンジしてみるのも悪くない気がした。

他にも細々としたものを買い集め、オレは白い装備からいつもの服に着替えると、屋敷に帰った。

明日の格闘術の訓練が楽しみだな。マチューはビックリするだろう。

強さ的な話をするなら、オレはもうマチューよりも強くなっていると思う。だが、長年格闘術を学んできたマチューには基礎的な部分で学ぶことが多い。これからもマチューに格闘術の基礎について学んでいこうと思う。

何事も基礎が大事だからな。今のオレは、肉体レベルが上がって強くなった体を振り回しているだけだ。しっかりと格闘術を身に付けていきたいと思う。

第四章　対峙《たいじ》する時

数日後。

「指弾！」

オレはスキルを発動して片手で持っていた鉄球を親指で弾《はじ》く。その向かう先は収納空間だ。

『指弾』のスキルは、メタルスライムを倒した時に覚えたスキルの一つだ。格闘術で覚えられる唯一の遠距離攻撃である。その汎用性は高い。

オレは、今後はクロスボウのボルトではなく、『指弾』で撃ち出した鉄球に変えていくつもりだ。

というのも、クロスボウで撃ったボルトよりも、『指弾』で撃ち出した鉄球の方がダメージが大きいからだ。いくらＭＰを消費してスキルを使っているとはいえ、信じられない事実だよね。

とはいえ、これまで撃ち溜《た》めてきたボルトも使っていく。もったいないからね。先にボルトを使っていって、ボルトを撃ち尽くしたら鉄球に変更していくつもりだ。

「指弾！」

それに、スキルは使えば使うほど成長し、成長させることでさらに新しいスキルを覚えられる。

オレは、ＭＰが余っている時はとにかくスキルを使って成長させてきた。早く新しい技を覚えたいからね。

「指弾！　うおッ!?」

体の芯から凍えるような寒気を感じて、オレは『指弾』を使うのをやめた。この寒気はＭＰが少なくなっている合図みたいなものだ。無理をするとＭＰが枯渇して昏倒《こんとう》してしまうからな。

今の時刻は午後二時くらいだろうか。窓から見えるお日様が少し傾いている。そろそろのはずだが……。

その時、タイミングよくノックの音が飛び込んできた。

「どうぞ」

「坊ちゃま、エロー男爵家のアリス様がお見えです」

「わかった」

デボラの言葉に頷《うなず》いて、オレは立ち上がる。今日はアリスがご機嫌伺いに来る予定だからダンジョンはお休みだ。本当はダンジョンに行きたいところだが、将来の結婚相手であるアリスとの仲を深めることも大事だからね。

まぁ、今までアリスには嫌われるようなことばかりしていたから、まずは婚約者というよりもお友だちになるところから始めよう。というか、まずは好かれるよりもこれ以上嫌われないようにするのが大事だ。

アリスも徐々に心を許してくれるようになったと思うんだけど、まだ心を閉ざしてるというか、どこか線を引かれているというか……。

まぁ、ジルベールのした仕打ちを思えば、当たり前のことだ。オレはアリスに対して一生をかけて償っていかねばならない。だが……。

そろそろ踏み込むべきか？

まだ早いか？

そんなことを思いながら、オレは応接間に到着した。

「失礼します」

応接間の扉を開けると、立ったままこちらに深々と頭を下げるアリスがいた。

「ジルベール様、ごきげんよう」

「ごきげんよう、アリス」

アリスは今日も薄い青色のワンピースを着ていた。いつもこの服だな。あまり詮索するのもよくないが、家計状況があまりよろしくないのかな？　エロー男爵家は子だくさんで有名だし、その分お金がかかるのだろう。

「さあ座って楽にしてくれ。今お茶を用意させよう」

いつもならお菓子には笑顔を見せていたアリスだが、今日はなんだか嬉《うれ》しくなさそうだった。というかとても辛《つら》そうにしていて、ソファーにも座らない。

「座らないの？」

「きょ、今日は立ったままで……。その、ごめんなさい……」

アリスが汗を滲《にじ》ませた顔で懸命に笑顔を作る。なんて痛々しい笑顔なんだ……。

なぜかはわからないが、アリスには座りたくない、座れない理由があるみたいだ。

アリスの体をつま先から頭の天辺《てっぺん》まで見るけど、どこも怪我《けが》をしている様子はない。なのに、アリスはまるで痛いのを我慢しているように辛そうだ。

「どこか痛いのか？」

「ッ!?　ち、違いますっ！」

アリスの態度にオレはすぐにピンときた。アリスは嘘《うそ》を吐《つ》いている。本当はどこか痛いのだ。

「怪我をしているの？」

「してませんっ！」

「だって、辛そうだよ？」

「これは、その……」

必死に誤魔化《ごまか》そうとするアリスを見て、オレの中にはある推論が浮かんでいく。

すべてはオレの勘違いであったらいい。そう思いながら、オレは強硬手段を取ることに決めた。

「デボラ！」

「はい、坊ちゃま」

「アリスの体を調べてくれ。オレは外に出ている。くれぐれも丁重にな」

「はい？　わかりました」

「ッ!?　ジルベール様！　わたくしなら大丈夫ですっ！」

アリスが必死に声をあげるが、今回ばかりはアリスの言うことを聞くわけにはいかない。

「デボラ、頼んだぞ」

「ジルベール様！」

「アリス様、坊ちゃまのお言いつけですので……」

背後から聞こえるドタバタ音を聞きながら、オレは部屋を出た。


「どうだった？」

しばらく経《た》った後、部屋を出てきたデボラに尋ねる。

デボラは悲痛な表情でポツリと口を開いた。

「アリス様ですが、怪我をしておいででした……。それも普通の怪我ではありません。服で見えない肩やお腹《なか》、背中に魔法攻撃を受けたような痕や打撲が……。問いかけたところ、日常的に魔法の的にされたり、殴る蹴るといった暴行をされているとか……。誰にされたのか問うと、小さく震える声でお父様と……」

オレはいても立ってもいられずに部屋の中に入ると、アリスに近づいていく。

アリスは俯《うつむ》いて呆然《ぼうぜん》としているように見えた。

「アリス？」

「ジルベール様……？　その、これは、階段から落ちてしまって……」

この期に及んでまだアリスは自分を傷付けた犯人のことを庇《かば》うのか……。

オレはやりきれない思いを感じた。

「アリス、お茶の前にこれを飲んでくれ」

「え……？」

オレは特級ポーションを一つ収納空間から取り出してアリスに手渡す。

「綺麗《きれい》……」

ガラス製のフラスコに入った特級ポーションは、緑色に輝いていた。

「えっと、これって……？」

「あー食前酒のようなものかな。ちょっと青臭いけど飲んでみてくれ」

「はい……」

アリスは特級ポーションのコルクを開けると、顔をしかめながら一口、二口と飲んでいく。

すると、アリスのお腹や背中、肩が淡く緑色に輝いた。

やはりアリスは怪我をしていたのか……。しかも、腹や背中など服で隠れて見えない部分だ。犯人の計画性と残忍さを感じる。

「え……？　痛くない……？」

アリスのその呟《つぶや》きがすべてだった。

アリスは今まで痛いのを我慢していたのだ。しかもアリスを傷付けた人物は、アリスの最も身近にいる。

オレはエロー男爵への怒りがメラメラと燃え上がる。

それと同時に、過去の自分を殴りたくなった。

オレは、ただでさえ辛い目に遭っているアリスになんてことをしてしまったんだ……。

こうなってはアリスをエロー男爵家に帰すわけにはいかない。どうにかしてムノー侯爵家で預からなければ……。

オレはアリスの婚約者だ。この線からアリスを預かる正当な理由を作れるんじゃないか？

オレはたとえアリスに恨まれることになっても彼女を助けたかった。

「アリスはお菓子でも食べて待ってて。すまないが、オレはちょっと用事ができた」

「え？　は、はい……」

オレは応接間を出ると、部屋の外で待機していたデボラが、心配そうにオレを見ていた。

「坊ちゃま？　アリス様は？」

「デボラ、オレはこれから父上にお話がある。デボラはアリスのことを頼む」

「御当主様に!?　ですが、坊ちゃまは……」

「わかっている」

父親のフレデリクはオレのことを明確に嫌っている。きっと話も聞いてくれないだろう。だが、エロー男爵家からアリスを救い出すには侯爵家当主であるフレデリクの力が必要だ。

一瞬、デボラにも付いてきてもらおうかとも考える。しかし、アリスも心配だ。デボラにはアリスの様子を見てもらいたい。

「頼んだぞ」

「あ、坊ちゃま!?」

デボラの声を背後に、怒りに任せて早足で父親であるフレデリクの執務室へと向かう。

「はあ……。よし！」

執務室の前で気合いを入れると、オレはドアをノックした。

するとドアが少しだけ開き、ムノー侯爵家の家令である初老の男、マルクが顔を出した。

「これは坊ちゃま。どういったご用件でしょうか？」

「父上に話がある。取り次いでくれ」

「その必要はない」

ドアの奥、マルクの背後から岩を転がしたような声が聞こえてきた。フレデリクだ。

「弱者の言葉など聞く価値もない。追い払え」

「坊ちゃま、申し訳ありませんがそういうわけですので」

まったく聞く耳を持たないな。だが、ここで引き下がるわけにはいかんのだ！

オレは閉まる直前のドアを掴《つか》むと、強引にバーンと開けた。

マルクがドアに頭を打って呻《うめ》いているのを無視してオレは執務机の向こうに座っているフレデリクを睨《にら》みつける。

「何をしている？　さっさと出ていけ」

「断る！　父上が私の望みを叶《かな》えてくださらない限り出ません」

「これ以上お前と話すのも苦痛だ。マルク、こいつを摘《つま》み出《だ》せ」

「かしこまりました。坊ちゃま、失礼します」

マルクがオレの襟首を摑もうと手を伸ばしてきた。マルクは初老の優しい雰囲気の男だが、かなり強い。この力こそがすべてというムノー侯爵家で家令にまでなった男だ。弱いわけがない。

だが、オレはマルクの手を弾くと、マルクの左顎目掛けて右の拳を振るった。

「あぐっ!?」

マルクの体から力が抜けて、バタリと赤い絨毯《じゅうたん》の上に倒れた。

「くっ!?　先ほどの一撃は……！」

マルクはまだ意識があるようだが、動けないようだ。

「ほう？」

目の前で家令が殴り倒されたというのに、フレデリクは面白そうな顔を見せた。そして、初めて真正面からオレを見る。

「父上、話を聞いてもらいます」

「いいだろう。話だけは聞いてやる」

「ありがとうございます」

まったく、ムノー侯爵家のこの体育会系の上位互換のような、強い者こそが正義みたいな思想はオレには合わないな。控えめに言っても野蛮だと思う。

「父上、私の婚約者のアリスは、おそらく親族から暴力を受けています。我が家で預かることはできないでしょうか？」

「ふむ……。それはそのアリスとかいうのが弱いのがいけないのだ。たとえ婚外子だろうが、己の力を示せばいい。我がムノー侯爵家がわざわざ介入してまで守ってやる理由にはならん」

やっぱりこの家大嫌いだよ。

そして、今さらっと重要なことを言われた気がした。アリスが婚外子？　アリスはエロー男爵家の正式な娘ではなく、愛人の娘だったのか。道理で立場が弱いわけだ。

「私には理由があります。私は婚約者を守りたい！」

「儂《わし》には関係ないことだ。それでも己の意思を通したいというのならば、己の力を示すがいい。お前にその覚悟があるか？」

「はい！」

「いいだろう。では、お前にはアンベールと三本先取の試合をしてもらおう。それで勝てたら、そのアリスとかいう小娘を我が家で引き取ってやる」

「アンベールと……」

アンベールと試合？　なんか話がとんでもない方向にいったな。

「お前も格闘術を習い始めたのだろう？　できないというのなら諦めろ」

フレデリクはオレが格闘術を習い始めたことを知っていた。だが、アンベールはそれよりも長い期間剣術を鍛えている。

アンベールは【剣聖《けんせい》】のギフトを持っている。ギフトを授かってから毎日剣の腕を鍛えてきたアンベールの剣術のレベルはどれほどだろう……？

ゲームでは【剣聖】のギフトを持つキャラは登場しなかった。だが、【槍聖《そうせい》】のギフトを持ったキャラがいたので類推することはできる。

おそらく、【剣聖】のギフトの効果は、剣術の成長促進と剣による攻撃力アップ、専用スキルの習得だ。

さすがに専用スキルを使えるほど成長してはいないだろうが、警戒が必要だ。まだ子どもだからと侮ることはできない。

おそらく、フレデリクはオレに諦めさせたいのだ。だから、オレにアンベールと試合しろと言っている。だって、普通に考えたら【収納】のギフトで【剣聖】のギフトに勝てるわけがない。

【収納】の秘密を知らなければね。

わかってはいたけど、オレはフレデリクにだいぶ嫌われているようだな。

「わかりました。アンベールと試合します」

「なに？」

フレデリクはオレを予想外なものを見るような目で見ていた。

そうだよな。普通は諦める。

だが、オレは諦めない。

「そうか。わかった。すぐにアンベールとの試合を組むことにしよう。せいぜい無様をさらさないことだな。もしアンベールに負けるようなことがあれば、お前には二度と発言権を認めない。このような徒労はもうたくさんだからな」

「わかりました」

いかにもアンベールの勝利を疑っていないという顔だなぁ。

オレはフレデリクに付いてアンベールの部屋へと向かった。

「父上？　なにか御用ですか？」

アンベールは従者と共に部屋にいた。勉強でもしていたのかな？

「アンベール、お前にはこれからジルベールと三本先取の試合をしてもらう。練兵場に行くぞ」

アンベールはフレデリクの後ろにいたオレを見ると醜悪な笑みを浮かべた。

「兄上と？」

「かまいませんよ、父上。最近は兄上が噛《か》み付《つ》いてこないので退屈していたところです。久しぶりに躾《しつ》けて御覧に入れましょう」

仮にも兄に対する態度じゃないんだよなぁ……。


屋敷のすぐ隣にある練兵場。騒ぎを聞きつけてやってきた大勢のメイドや兵士たちに囲まれて、オレはアンベールと三本先取の試合をすることになった。

「坊ちゃん、大丈夫なんですか？」

「たぶんいけるだろう」

「たぶんって……」

マチューが言葉を失《な》くして青い顔でオレを見ていた。

「そう心配するな。楽に勝ってくるさ」

「坊ちゃん……。負けてもいい。せめて生きて帰ってきてください……」

マチューもオレが負けると思っているようだな。

まぁ、普通に考えればオレの敗北だろう。だが、オレには秘策がある。ただでは負けんよ。

「それでは、アンベールとジルベールの試合を開始する。両者前へ」

フレデリクの宣言で、オレとアンベールは五メートルくらいの距離で向かい合っていた。

「兄上、よく逃げずに来ましたね。兄上は被虐趣味でもあるんですか？　なら、これからの時間は兄上にとってご褒美になってしまいますね」

「………」

「なにか言ったらどうですか？　それが兄上の遺言になるかもしれませんが。そういえば、兄上はエロー男爵家の娘のために私と勝負するんでしたか？」

アンベールはアリスのことを知っているのか？

「薄汚い生まれですが、見てくれはいいので、私のペットにしてあげますよ。どうですか？　兄上はこれから婚約者までまた私に奪われるんですよ？　悔しいですか？　情けないですか？　でも、

【収納】なんてギフトを授かった弱い兄上が悪いんですよ？」

「…………」

決めたわ。こいつはボコボコにする！

「そうだな。アンベールが勝ったらアリスとかいう娘はアンベールの自由にするといい」

フレデリクも腐ってるなぁ。この強者ならばなにをしても許されるというムノー侯爵家の家風は大嫌いだね。

「それでは両者構え！」

「はあ……」

「…………」

アンベールが溜息《ためいき》を吐きながら剣を構えた。オレも拳を構えてナックルダスターを強く握る。こいつには英知の歯車を使う価値もない。

「では、はじめ！」

「ん？」

開始の合図があったのに、アンベールはへらへらと笑ってオレを見ているだけだった。

「兄上に一手譲ってあげますよ」

「なに？」

「普通にやっちゃつまらないでしょ？　それに一方的な立ち合いになりそうなので、最初くらいは兄上に活躍させてあげようかと」

「そうか……」

アンベールは自分の勝利を疑っていない。それ自体はいいだろう。だが、それは驕《おご》りだよ？

「じゃあ、お言葉に甘えさせてもらおう」

オレは真っ黒な収納空間を展開する。

「それが兄上のギフトですか？　ものを入れたり出したりするだけでしょ？　そんなもので何ができるというんです？」

「こうするんだ」

バシュンッ!!

「あぁぁぁあああああああああぁぁぁああああぁぁぁぁぁぁあああああ!?」

一筋の風切り音が空気を引き裂き、練兵場にアンベールの悲鳴が響き渡った。

アンベールは地面を転げ回り、剣を手放して両腕で右膝を掴んでいる。その右膝から先は千切れ飛んでいた。

「わ、私の足がああああああああああああああああああああ!?」

「いったい何が!?」

フレデリクもなにが起こったかわからないのか、目を白黒させている。

「アンベール様！」

「足を拾ってくっ付けろ！」

「特級ポーションだ！　早くしろ！」

「ぐあああああああああああああああああああああ!?」

主人の窮地にやっと我に返ったアンベールの従者たちが慌てて駆け寄って治療を始める。

「なにが起こったんだ……？」

「これって、坊ちゃんの勝ち、なのか……？」

「坊ちゃんが、アンベール様に勝った……？」

「そんなバカな……」

オレたちの試合を見守っていた兵士たちがどよめいている。オレはそれを冷めた目で見ていた。

どうせオレが無様に負けるのを期待していたのだろう。ニヤニヤ嫌な笑みを浮かべてオレを見ていたからな。

「父上、私の勝ちですね？」

「む？　うーむ……。そうなるな……。お前は何をしたんだ？」

「お答えできません。わざわざ自分の手の内をさらす間抜けはいないでしょう？」

「うーむ……」

フレデリクはずいぶんと歯切れが悪い。アンベールの勝利を望んでいたのだろう。だが、強者こそが正しい。フレデリクは己の信念が邪魔してオレの勝利を否定できない。

「クソッ！　クソッ！　恥をかかせやがって！　ジルベール！　貴様はここで殺す！」

ようやく足が治ったアンベールが悪態を吐きながら立ち上がった。その目にはオレへの憎悪をたぎらせている。最初にあった余裕などもうどこにもない。

「じゃあ父上、第二試合といきましょうか？」

「う、うむ。では、両者構え！」

「殺す殺す殺す殺す殺す殺す殺す殺す殺す！」

アンベールの呪詛《じゅそ》がすごいな。本気でオレを殺しにきそうだ。

「では、はじめ！」

だが、予想に反してアンベールは動かなかった。オレが展開させっぱなしだった収納空間を警戒しているのだ。

なので、オレはアンベールに優しく声をかける。

「アンベール、さっきの礼に一手譲ってやろう」

「……は？」

アンベールの顔は、これ以上人の顔で憤怒という感情を表現するのは不可能というくらい怒りに歪《ゆが》められていた。

「一回勝ったぐらいで調子に乗るなよ、ジルベール……！」

その時、オレを憎々しげに見ていたアンベールの顔が急にフラットになる。

気持ちを切り替えた？　いや、怒りの感情が限界を突破したのだ。アンベールの目には、明確な殺意が冷たい光となってたたえられていた。十歳の子どもがする目じゃないな。

瞬間、アンベールの姿が消える。

いや、アンベールはいた。まるで地を這《は》うように姿勢を低くして、こちらに向かって疾走してくる。あまりの落差に一瞬アンベールの姿を見失ってしまった。

これが、【剣聖】のギフトによって強化されたアンベールの本気か。

あのままアンベールの姿を見失っていたら、オレは為《な》す術《すべ》もなく負けていただろう。

だが、オレはアンベールを捕捉した。

その時、アンベールの剣が閃《ひらめ》く。

「ファストブレイド！」

アンベールがスキルを使って斬撃を強化したのがわかった。アンベールの剣速がぐんと上がる。

だが、すべては意味がない。

「収納……」

オレはアンベールの斬撃を防御するように収納空間を展開する。

「今さらそんなもので！　死ね！」

アンベールの斬撃は、明確にオレの首を狙っていた。アンベールの殺意は本物だ。

アンベールは、収納空間ごとオレを斬るつもりだったのだろう。噂《うわさ》ではアンベールは魔法すら斬ったらしいからな。自分に斬れないものなどないとでも思っているのかもしれない。

まぁ、斬れないんだけどね。

「ッ!?」

どこまでも続く奈落のような収納空間は、アンベールの剣だけではなく腕をも収納する。

オレも成長して、一度に収納できる量が増えたのだ。

うんうんいいね。これでこそダンジョンに潜った甲斐《かい》があったというものだね。

「カット……」

「うぁあああああああああああああああああああ!?」

収納空間が閉じると、両腕の肘から先を失くしたアンベールが悲鳴をあげた。

「う、腕が、私の腕があああああああああああああああああ!?」

アンベールは膝から崩れ落ちて泣き出してしまった。

オレは収納空間からアンベールの剣と両腕を取り出すと、アンベールの前に投げる。

「早く治療してもらったらどうだ？」

オレの言葉を聞いて慌ててアンベールの従者たちが集まり出した。

「アンベール様！　早く腕をくっ付けろ！」

「むごい……」

「特級ポーションを早くしろ！」

オレはアンベールたちを無視してフレデリクのもとへと歩き出した。

「まさか……。信じられん……」

フレデリクは治療を受けているアンベールをただただ呆然と見ていた。

「父上、私の勝ちですね」

「ジルベール、お前は……。クッ、そうだお前の勝ちだ」

フレデリクは憎々しげにオレを見た後、絞り出すような声でオレの勝ちを認めた。

「だが、あと一本残っている……。ふむ」

フレデリクはオレから視線を外した。

「儂は急用を思い出した！　よって、今回の試合はこれまでとする！」

それだけ言うと、フレデリクは歩き出す。

こいつ、オレに勝利させないためにここまでするのか!?

「父上！　アリスの件は――」

「わかっている！　そのアリスとやらは家で引き取る！　お前の好きにするがいい！　以上だ！　お前もそれでいいだろ？」

要件は呑《の》んでやるのだから、これ以上騒ぐな。

フレデリクの顔にはそう書いてあった。

「わかりました。よろしくお願いします」

オレとしてもアリスを家で引き取れるなら問題ない。これ以上アンベールと戦う理由もなくなった。

早くアリスの所に戻ろう。


「失礼します」

応接間に戻ると、ちょうどアリスがフォークでケーキを口に運んでいるところだった。

アリスの目が大きく見開かれ、ぱちくりとする。その頬がピンクに染まっていった。

そうだね。ちゃんとノックした後は中の人の返事があるまで待たないとね。

嬉しすぎてつい忘れてしまったよ。

「し、失礼しました。おかえりなさいませ！」

アリスがフォークをお皿に戻すと、すぐに立ち上がってオレに深々と頭を下げた。アリスが虐待されていると知った今では、その姿さえ痛々しく見えた。

「ごめんよ、アリス。嬉しい知らせがあったから、礼儀を省いてしまった。座って楽にしてくれ。ケーキは口に合ったかな？」

「はい……。とても、おいしいです……」

「それはよかった」

オレがソファーに座ると、アリスもゆっくりとソファーに座る。

さて、どうやって切り出そうかな……。

「アリス、急な話で驚くとは思うんだけど……。今からアリスはムノー侯爵家で預かることになった」

「……え？」

予想外の言葉だったのだろう。アリスは目をぱちくりさせてオレを見ていた。

「今後はムノー侯爵家で暮らしてもらうことになる。親御さんが心配するかもしれないけど、父上から説明があるはずだ。心配しなくてもいい」

「はい……」

もっと反対されるかと思ったけど、意外にもアリスは聞き分けがよかった。それが何に起因するのかはわからないが、まずはアリスとエロー男爵家を切り離せたことを喜ぼう。

「アリスはもう自由だよ。なにも怖がらなくていい。嫌なことは嫌と言っていいんだ。オレもこれ以上アリスの嫌がることはしないと改めて誓おう。だからアリス、もう笑顔を隠さなくていいんだ」

「あ、あの……。はい……」

「言いたいことがあればなんでも言ってくれ。遠慮はいらないよ」

促すと、アリスは迷いながらも口を開いた。

「ありがとう、ございます……」

何に対するお礼だろう？

「いやいや。さあ、もっとケーキを食べて。もっとお話をしよう。オレはアリスとなんでも言い合えるような関係になりたいんだ」


ジルベールが駆け足で屋敷内に引っ込んでいってからしばらくして。夕暮れに染まったムノー侯爵家当主の執務室で、私、アンベール・ムノーは父上から叱責を受けていた。

「アンベール、お前にはがっかりだ……」

父上のまるで価値のないものを見るような目は私の心を冷たくしていく。

「申し訳ありません……」

震える唇で、なんとかそれだけ口に出すことができた。

こうなったのも私がジルベールとの勝負に実質負けたからだ。

私がジルベールに負けた。思い出すだけでも屈辱が蘇《よみがえ》り、血が沸騰しそうになる。

冷静になるんだ、アンベール・ムノー。冷静に己の敗因を分析するのだ。

私はすぐさまジルベールの首を刎《は》ねたい欲求を無理やり落ち着けていく。

ジルベールのギフトは【収納】だ。ものを出し入れするだけのギフトだと甘く見ていた。見くびっていた。

それが今回の敗因だ。

「ですが！　ジルベールの汚い手口はわかりました！　次こそは負けません！」

未《いま》だにジルベールがなにをしたのかわからない部分は多い。だが、そう大見えを切る他なかった。

気持ちで負けたら、私は本当の敗者となってしまう。

「負けてもらっては困る。お前は既にムノー侯爵家の次期当主として認知されているのだからな。お前は誰にも負けてはならない。とくに、ジルベールにはな。それ故に、此度《こたび》の勝負を途中でやめたのだ。勝てる見込みがあまりにも少なかったからな」

「私がジルベールに劣っていると……？」

父上の言葉でも、それだけは我慢ならなかった。

ジルベールなんかよりも私の方が何倍も優秀だ！

だから、父上も私を次期当主にし、エグランティーヌ姫の婚約者もジルベールではなく私に替えた。そのはずだ！

「そうは言わん。だが、今回の実質的な敗者はお前だろう？」

「く……ッ！　あれは、ジルベールのギフトを見誤っていたからで、実力で負けたわけでは……」

「そうだろう。魔法さえ斬れたお前だ。ジルベールの話術に惑わされず、じっくり構えていればお前が勝っていたはずだ。それをむざむざ衆目の中で失態を演じおって……」

「申し訳、ありません……」

「話は以上だ。下がれ」

「はい！」

最悪だ。父上は私を見限るかもしれない。一度ジルベールを切り捨てた父上だ。私を見限るなど簡単だろう。

嫌だ。もう予備扱いには戻りたくない！

クソッ！　こうなったのもすべてジルベールのせいだ！　あの呆《あき》れたようなジルベールの顔を思い出すたびに、はらわたが煮えくり返るような思いがした。

なんとかしてジルベールよりも優れていることを証明しなければ！

そうだ！　もうこんなことが起きないようにジルベールを殺してしまおう！

ジルベールの首を父上に献上すれば、父上も私を認めてくれるに違いない。

そうだ。なんとしても、どんな手を使ってでもジルベールを殺してやる！


アンベールが退出し、ガチャリとドアの閉まる音が大きく響いた。

「はぁ……」

儂、フレデリク・ムノーは荒々しく下がるアンベールの姿に溜息を禁じ得なかった。

アンベールは覇気も強さも十分だが、少し頭の弱いところがある。まったく、誰に似たのか……。

「マルク、どう思う？」

儂は後ろに立っていた我が家の家令のマルクに問いかける。

「旦那様、ジルベール様を切り捨てたのは時期尚早だったのでは？　あの力は底が知れません。なにが起こったのか、わたくしにはわかりませんでした……」

マルクの言う通りかもしれない。儂はそんな考えを握り潰して口を開く。

「いや、儂はあの力が【収納】のギフトの限界なのではないかと考えている。元々戦闘向きのギフトではないのだ。【剣聖】のギフトにはそうそう勝てまい……」

【剣聖】といえば、長い王国の歴史の中でも片手で数えるほどの人間しか授からなかった貴重なギフトだ。そして、【剣聖】のギフトを手にした者は、いずれも大を成してきた。

今回の敗因は、アンベールの愚かさゆえのものだ。決して【剣聖】のギフトが【収納】のギフトに劣っているとはいえない。

アンベールを次期侯爵にした儂の判断に間違いはないはずだ。

もし今、ジルベールを次期当主に戻したら、儂は過去の自分の間違いを認めることになる。そんなことがあってはならないのだ。

「予備どもの方はどうだ？」

儂は女を囲い、たくさんの子どもを産ませていた。いいギフトが発現すれば、ムノー侯爵家に取り込んで次期当主にする計画だ。子にどんなギフトが発現するかわからない以上、弾は多い方がいい。

「次々とギフトを発現させていますが、さすがに【剣聖】以上のギフトとなりますと……」

マルクが難しい表情を浮かべている。そうだな。儂も難しいことはわかっている。アンベール以上の頭で【剣聖】のギフトを持つ者が現れれば最高なのだが……。そう上手《うま》くいかんものだな。

「はぁ……。仕方ないが、エロー男爵に手紙でも書くか……」

気が進まないが、仕方ない。

「旦那様はジルベール様との約束を守るのですか？」

「気は進まんがな……」

儂は肩をすくめてマルクに答えた。

本当ならジルベールなど今すぐにでも殴り倒してしまいたいくらいだ。儂がどれだけ細心の注意を払ってアンベールを次期当主として盛り立ててきたと思っているのだ。面倒な事態を作りおって……！

アリスとかいう少女をジルベールから取り上げて、儂の愛人に加えて絶望させてやりたいくらいには憎い。

だが、儂は侯爵家の当主だ。たとえ口約束だろうが当主が約束を破るなどありえない。侯爵の言葉というのは、それだけ重いのだ。

■第五章 アリスとの生活

アンベールを降してから数日。

「おはよう、アリス」

「おは、ようございます」

アリスがムノー侯爵家で暮らすようになって、オレの生活は劇的に変わった。今まではたまにしか会えなかったけど、これからは毎日会える。

まだちょっとぎこちないけど、アリスの笑顔が増えたような気がする。今もオレに笑顔を向けている。アリスのような美少女に笑いかけられるとか、ちょっとドキドキするね。

「よく眠れたかな？　誰かにいじめられてない？」

「大丈夫、です」

「それはよかった」

この間のオレとアンベールの試合の噂《うわさ》は、屋敷はもちろんのこと街中を駆け巡った。

噂には尾ひれがつくもので、先日デボラに聞いたら、アンベールが次々に技を繰り出すも、オレが一歩も動くことなくアンベールに勝利し、アンベールが土下座までしたことになっていた。アンベールが聞いたらぶち切れそうだね。どうでもいいけど。

それによって、今まで侮った態度を取っていたメイドや執事たちも手のひらを返すように態度を改めていた。オレがまた次期当主になるのではないかという噂が蔓延《まんえん》しているからだ。

そんなオレの婚約者であるアリスも丁重に扱われているようだ。

「一緒に朝食をとろうか。行こう」

「は、はい」

オレはアリスの手を取ると食堂に向けて歩き出すのだった。


もちろんアリスが家に滞在していても日課は続けていた。午前中はランニングとマチューとの稽古。そして、午後はもちろんダンジョンだ。

アリスがムノー侯爵家の屋敷で生活を始めてから二週間後。オレはいつものようにジャックとしてダンジョンに潜っていた。

「せあっ!」

オレの英知の歯車を握った左拳が、オークの胸を穿《うが》つ。英知の歯車の追加攻撃も発動し、オークがボフンッと白い煙となって消える。

「ふむ……」

第九階層のモンスターも問題なく倒せるな。メタルスライムを倒して大量の経験値を獲得したオレには少し物足りないくらいだ。

「ソロでも意外となんとかなるものだな」

たまに出会う冒険者パーティにはビックリされるが、まだまだソロでも全然いける。

オレはそのままダンジョンの白い通路を進むと、行き止まりにぶつかった。どうやらハズレだったらしい。

オレは前世で何度もオレールの街のダンジョンに挑戦した。各階層に出現するモンスターやレアポップモンスターも諳《そら》んじられるほどだ。

だが、さすがに迷路のようなダンジョンのすべての経路は把握していない。

だから、こうやってハズレの行き止まりを引くわけだが……。今回はラッキーだったようだ。

「おっ！　宝箱じゃん」

行き止まりにポツンと置かれていたのは、木でできたこれぞまさに宝箱といった宝箱だった。

『レジェンド・ヒーロー』のゲーム内では低層の宝箱はこんな感じだったな。『レジェンド・ヒーロー』のダンジョンでは、ランダムポップで宝箱が出現する。その中身もランダムだった。

「中身は何だろうな？」

そう言いながら、オレは大きな宝箱を開けた。中に入っていたのは、銀の髪飾りだった。

「たしか効果はＭＰプラス十だっけか？」

ＭＰの最大値が増えるのは魅力的だが、オレが付けるのもなぁ……。

髪飾りを見ていたら、ふとアリスの顔が思い浮かんだ。アリスの髪も綺麗《きれい》な銀髪だったな。アリスにプレゼントしたら喜んでくれるだろうか？

「そういえば、アリスのギフトって何だろう？」

聞いてなかったなぁ。まぁ、ギフトなんて人に言いふらすようなものではないけどさ。オレならば、アリスがどんなギフトでも成長のために助言をしてやることができるんじゃないか？

「帰ったら早めにアリスに訊《き》こう」

オレは心のメモに記すと、銀の髪飾りを収納空間に収納して、ダンジョンを奥へと進むのだった。

その後、オレは無事にダンジョンの第九階層をクリアすると、屋敷に帰ってきた。

「ジルベール……！」

玄関を開けると、アンベールたちご一行がいた。きっと今まで練兵場で剣技の練習でもしていたのだろう。嫌なタイミングで会ってしまったなぁ……。

「こんな時間まで遊び歩いていたのですか？　余裕ですねぇ？」

無視して歩き出そうとしたら、アンベールから声をかけられた。そのねっとりした声音には山盛りの怨嗟《えんさ》が乗っていた。

嫌なら無視すればいいのに……。

「そういうアンベールは今まで剣の練習か？　すごいな」

「あなたがそれを言いますか。嫌味《いやみ》ですね」

「そんなつもりはない」

「調子に乗りやがって！　今に見ていろ！　絶対に殺してやる！　八つ裂きだ！」

会話が成立しないんだが……。

「はぁ……」

オレは溜息《ためいき》を吐《つ》くと、その場を後にした。背後でアンベールがなにか叫んでいたが、もうどうでもいい。


「これを、わたくしに……？」

アリスの部屋。まだ個性がない殺風景な部屋の中、オレは善は急げとばかりにアリスに銀の髪飾りを贈っていた。

「ああ。少しＭＰが増える装備だし、アリスにいいんじゃないかと思って」

「ＭＰ？」

アリスは首をかしげながらも銀の髪飾りを受け取ってくれた。

でも、すぐにその顔を悲しげなものに変えてしまう。

「その、ありがとうございます。でも、わたくしには……。髪がおばあちゃんみたいだから……」

髪がおばあちゃんみたい？　アリスの髪が銀髪だからそんなことを言うのかな？

「オレはアリスの髪は綺麗だと思うよ」

「うそ……」

「嘘《うそ》じゃない」

オレはアリスの髪を一房手に取ると、軽くキスをする。

「ッ!?」

「ね？　嘘じゃない」

アリスは顔を赤く染めてコクコクと頷《うなず》いていた。アリスは色素《しきそ》が薄いから赤くなるとすぐにわかるな。

「よかったら着けてみてくれないか？」

「は、はい……」

アリスは恥ずかしそうに髪をまとめ始めた。

「やっぱりアリスの長い髪は綺麗だよ」

「ありがとうございますぅ……」

アリスって髪を褒められたことがないのかな？　なんだかものすごく恥ずかしそうなんだけど？

顔は真っ赤だし、目には涙さえ浮かんでいた。

「あまり、見ないでくださぃ……」

「あ、ああ……」

ただ髪を弄《いじ》っているだけなのに、アリスの姿が年齢以上に色っぽく見えた。

「あの、どうでしょう？」

アリスがこちらに背を向けたまま訊いてくる。

「ふむ」

たしかに銀髪のアリスには銀の髪飾りだとあまり目立たないな。

「あまり目立たないね」

「やっぱり……」

「でも、あまり目立ちたくない時とか、普段使いにいいんじゃないか？」

「でも、せっかくジルベール様が贈ってくださったものですし……。その、初めて……」

そっか。オレにとっては装備を譲るような認識が強かったけど、これはオレが初めて婚約者に贈ったものになるのか。

やっちまったな……。

アリスのことを考えてもっといい贈り物をあげるべきだった。

断じて拾い物で済ませるようなイベントじゃないだろ……。オレのバカ。

「そういえば、だけどさ」

オレは気まずくなって話題を変えることにした。後でちゃんとアリスのことを考えて贈りなおそう。そう心に決めながら。

「アリスのギフトって何なんだ？」

「ギフト、ですか？」

「ああ。よかったらでいいんだけど、教えてくれないか？」

「あの……」

アリスは申し訳なさそうな顔で呟《つぶや》くように小声で口を動かした。

「え？」

「ですから、【錬金術師】、です……。ごめんなさい……」

「いいじゃん【錬金術師】！」

「え……？」

アリスは不思議そうな顔でオレを見ていた。なんでだろう？

【錬金術師】は、生産スキルである錬金術にボーナスを得られるギフトだ。それに、【錬金術師】専用の戦闘スキルもある。生産だけではなく、戦闘でも役立つギフトだ。なにも恥じることはない。

「じゃあ、早いうちから錬金術を始めた方がいいな。用意しておくよ」

「え？　あの……？　【錬金術師】って役立たずなんじゃ……？」

【錬金術師】が役立たず？

そんなわけがない。

そりゃ育てるまでは資金がかさむけど……。ああ、そうか。エロー男爵家ではその資金が用意できなかったのか。だからアリスは役立たずと蔑まれてきた。

本当にロクなことをしないな、エロー男爵家。ぶっ潰してやりたいよ。

「そんなことないよ。【錬金術師】ってかなり強いんだ」

「【錬金術師】が強い……？」

「まぁ、最初は薬の調合とかして錬金術のスキルを育てないといけないから地味だけどね。大器晩成型かな。そうだ！　アリス、明日は一緒に買い物に行こう！」

「買い物、ですか？　でもわたくし、お金は……」

「大丈夫、大丈夫。お金ならあるからね。この際だ、アリスのアトリエを作ってしまおう！」

「えぇー!?　ほ、本当にいいんです、か……？」

「アリスのギフトならすぐに成長するさ。楽しみだなぁ」

アリスなら、一緒にダンジョンに潜っても秘密を守ってくれるんじゃないか？

オレもいつまでもソロで潜るわけにはいかないからな。二人というのも心配だが、ソロよりはマシだろう。

それに、アリスがダンジョンに潜れば、一緒にアリスの強化と成長も期待できて一石二鳥だ。アリスも自分が強くなれば、自信につながるだろう。

いいことしかないね！

「アリス、アリスは秘密を守れるかい？」

「ひみつ……？」

「そう、二人だけの秘密だ」

「それって……ッ!?」

なぜかアリスは驚いた後、顔を真っ赤にしていく。なんでだろう？

オレは誰の耳にも漏れないようにアリスに顔を近づけて、アリスの耳元で囁《ささや》く。

「アリスは二人だけの秘密を守れる？」

「…………ッ！」

アリスは迷う気配を見せたけど、最終的には頷いてくれた。

「じゃあ、明日ね」

「え……？」

「明日を楽しみにしてるよ」

「は、はぃ……」


静かにわたくしの部屋のドアが閉まる。ジルベール様はわたくしに散々期待させておいてそのまま出ていってしまいました。

だって、二人だけの秘密って……。

「ぁ～～～～…………」

わたくしは急に恥ずかしくなってベッドに飛び込んでしまいました。はしたないことだとはわかっています。でも、恥ずかしくてたまらなくて、我慢ができませんでした。

ベッドはわたくしの体を優しく受け止めてくれます。実家のエロー男爵家の屋根裏部屋のベッドとは大違いです。

「二人だけの秘密……」

いったい何なのでしょう？

お母様が生きていらしたら訊けるのに……。

「お母様……」

エロー男爵家のメイドだったお母様。

お母様は二年前にわたくしを置いてお亡くなりになり、そして、わたくしへのいじめも始まった。

誰にも言うなと脅されていたけど、わたくしは一度お父様にお話ししたことがある。でも、お父様は助けてくれなくて、それどころか、わたくしを魔法の実験台に……。【錬金術師】なんて無能なギフトを授かったわたくしなんていらないのですって……。

そんな時思い出すのは、お母様がお話ししてくれた物語だった。

かわいそうな女の子は、いつか素敵な王子様が助けてくれるんですって。

「ジルベール様が、王子様なの？」

わたくしの問いかけに答えてくれる人はもういませんでした。

そのことが無性に悲しかった。

次の日の午後。なぜか顔を赤くしたアリスと合流したオレは、彼女と一緒に街へと来ていた。今日はダンジョンじゃない。アリスのアトリエを作るのにいろいろと道具を買うつもりなのだ。

とはいえ、オレは錬金術に使う道具なんてわからないから、とりあえず店に置いてあるものを一通り買っておけばいいだろう。あとは必要になればその都度買い足せばいい。

あと、道具だけではなく素材も買わないとな。オレは『レジェンド・ヒーロー』で何度も錬金術を極めたことがあるから必要な素材ならわかる。まずは下級ポーションを作るために薬草を買っておけばいいだろう。

「さあ、行こうか」

「は、はぃ……！」

オレはアリスの手を取ると、目的の店に突撃するのだった。


オレとアリスは、手をつないでオレールの街を散策していた。

「ジルベール様のギフトってすごいんですのね」

「そう？　まぁ、そうかも」

アリス用に買った錬金術の道具や素材は、オレの収納空間に収納してある。おかげでオレもアリスも手ぶらだ。

オレもだいぶ肉体レベルが上がってきたからね。ＭＰの量も増えて、一度に収納できる量も増えたのだ。

「髪飾り着けてきてくれたんだね」

「はい。せっかくいただいたので」

そう言ってはにかむアリスの後頭部には、オレが昨日贈った髪飾りが輝いていた。

気に入ってくれたのかな？

本当は装飾店に行ってアリスへのプレゼントを買いなおしたいところだけど、たぶん実際に連れていって好きなものを選ばせても遠慮してしまうだろう。後で一人で買いに行こう。

「さて……」

錬金術関係の買い物は済んだ。あとは本題だね。

「アリス、昨日言った二人だけの秘密を覚えている？」

「ッ!?」

アリスは肩をビクリと震わせると、驚いたように周りを見た。

「こ、こんな街中で……!?」

「誰もオレたちに注目なんてしてないよ」

「ちゅ、ちゅー……!?」

なんだかアリスの様子がおかしい。その顔は徐々に真っ赤になっていき、両手はスカートがシワになるくらい力強く握っている。

そして、アリスは覚悟を決めたように目を閉じた。

なにをしているんだろう？

まぁ、聞いているならいいか。

「アリス、今からキミには冒険者になってもらう」

「…………え？」

「これから装備を選びに行こう。顔を隠すために仮面も必要だね。錬金術師用の装備があればいいけど……。まずは見に行こうか」

「…………え？」

オレは目をぱちくりさせているアリスの手を引いて、冒険者御用達《ごようたし》の防具屋へと入っていく。

「なるべく動きやすい方がいいよね。でも、いざという時のために防御力も欲しいし……」

防具屋でアリスの装備を整えていく。

色は白を基調とした。ダンジョンの通路は白いからね。なるべく目立たない方がいい。

そして大きめのポシェットと、ポーション入れ。錬金術師の戦闘方法は、錬金術で作ったアイテムを敵に投げ付けることで攻撃する。ポーションやアイテムをある程度収納できた方がいい。

「こんなものかな？」

そこには、白い装備に身を包んだアリスの姿があった。アリスは小柄だからちょっと身長が足りないけど、そこは仕方がない。

「あの、ジルベール様。これって……？」

白いキツネのお面を着けたアリスが困惑したような声をあげる。

「いいかいアリス。この姿をしている時は、オレのことはジャックと呼んでくれ。これからオレたちは平民の冒険者としてダンジョンに潜るんだ。そうだ、アリスの偽名も必要だね。なにがいいかな？　ジゼルとかどう？」

「いいですけど……。え？　ダンジョン？」

「そうだ。ダンジョンのモンスターを倒すことで強くなれることは知ってるよね？」

「はい。でも、危険じゃあ……？」

「大丈夫だよ、オレが付いてる。オレはもうソロでダンジョンの第九階層まで潜ってるからね」

「え!?」

「アリス、オレは無理強いはしたくない。でも、アリスにも強くなってほしいと思っている。アリスも今の自分から変わりたいと思わないか？」

「今の自分から……」

アリスは俯《うつむ》いてしまった。しばらくしてからようやく顔を上げる。その顔には迷いがある。でも、それを上回る決意もあった。

「わたくし、変わりたい……！」

「オレも精いっぱいサポートするよ。だからアリスもがんばって強くなろう。そして、自信を手に入れるんだ」

アリスはコクリと頷いてくれた。

まだ迷いも恐怖もあるだろう。しかし、アリスは自分から変わりたいと言ってくれた。オレは全力でアリスの気持ちに応えるだけだ。

その後、オレたちは冒険者ギルドに向かった。

アリスはオレの妹で、今年成人したばかりの十五歳ということで押し通した。

ちょっとアリスは不満そうだったが。

その時、受付嬢さんにメタルスライムを倒した冒険者を知らないかと訊かれたが、とぼけておいた。

厄介ごとにかかわるつもりはない。オレはダンジョンに潜れればそれでいいのだ。


「さて、設置しちゃおうか」

「あの、勝手に部屋を使ってもいいのですか……？」

「平気平気。部屋なんて余ってるくらいだから」

フレデリクはオレにアンベールとの試合を勝手に切り上げた借りがあるからな。これくらい大丈夫だろう。部屋が余ってるのは本当だし。

オレたちはアリスの部屋の隣の部屋を錬金術用に大改造した。通りがかったメイドや執事にも手伝ってもらった。

たぶん彼らから報告は聞いているだろう。なのにフレデリクから文句はなかった。オレの予想通り黙認のようだな。

「じゃあ、さっそくやってみよっか」

「はい！」

アリスが元気よく返事をする。やる気があっていいね。

一緒に買ってきた錬金術の指南書を開いて、アリスが乳鉢で薬草をゴリゴリやっている。

そうしてできたのが下級ポーションだ。できた下級ポーションは樽《たる》に溜《た》めていく。樽は練兵場に置いておけば勝手に使ってくれるだろう。

五つ目の下級ポーションの完成の時だった。

「なんだか寒くなってきました……」

アリスが震える唇で呟く。

「今日はこれまでにしようか」

「え？　もうですか？」

「魔力を使いすぎると寒気を感じるようになって、それでも使い続けると倒れてしまうんだ。寒くなってきたらやめた方がいい。時間を置いてからまたやるといいよ」

「はい……」

アリスが乳鉢を見ながら頷く。

まだやりたそうだけど、倒れてしまうとＭＰ効率が悪い。適度に休憩しつつ、錬金術をした方が効率がいいのだ。そして、オレは抜かりなく休憩中にできることを探していた。

「アリス、休憩中にこれを投げるといいよ」

「これは……？」

アリスが両手の上にある石をしげしげと眺めている。

「それはただの石だよ。これをあの的目掛けて投げるんだ」

「投げるのですか？」

アリスがコテンと首をかしげた。そんな姿もかわいらしい。

「錬金術師は、主にポーションとかアイテムを投げて攻撃するんだ。だから、敵に向けてちゃんと命中させないといけない」

「なるほど……」

アリスが石を握って的に向かう。的との距離はだいたい五メートルくらいかな。

「えいっ！」

「…………」

アリスの投げた石は、的から一メートルほど外れた壁に当たった。それほどノーコンというわけでもないし、かといって上手《うま》いわけじゃない。コメントに困る微妙なところだ。

「練習あるのみだね。まだ石はあるからがんばって。魔力が回復するまで練習しようか」

「はい……」


その日からアリスの錬金術師生活が始まった。最初は下級ポーションしか作れなかったけど、日が経《た》つにつれて、他にも作れるものが増えたようだ。

ちなみに下級ポーションを練兵場に持っていったところ、大歓迎された。そのこともアリスのやる気につながっているみたいだ。

アリスを連れてのダンジョン攻略も順調だ。

アリスもいるのでまた第一階層からの攻略だったけど、オレは前世で何度もダンジョンに潜っているのでまったく苦ではない。

それよりもアリスの成長の方が素直に嬉《うれ》しい。

『レジェンド・ヒーロー』は、戦闘中なにもしなかったキャラクターにもちゃんと経験値が平等に入る仕様だった。この世界でもそれは同じようで、ちゃんとアリスにも経験値は入っていた。

正確なレベルはわからないけど、錬金術をおこなえる回数が増えたと言っていたから、たぶん順調にレベルアップしているのだろう。

「せあっ！」

オレの拳がオークの顔面を捉えた。英知の歯車の追加魔法攻撃の効果も発動し、オークを一気に白い煙へと変えた。

「えいっ！」

背後からアリスの声が聞こえると同時に、オレに向かってきていたオークが炎に包まれる。アリスの発火ポーションだ。まぁ、早い話が火炎瓶だね。

アリスの投擲《とうてき》スキルもかなり上達していた。今ならば静止目標なら百発百中だろう。やはりスキルが上がると全然違うな。

オレは燃え盛って混乱しているオークを無視して別のオークに襲い掛かった。

オークの振り上げた遅い棍棒《こんぼう》を軽々と避《よ》けて、オークの腹に『ファストブロー』を叩《たた》き込《こ》む。

オークの腹に風穴が開くとオークはボフンッと白い煙となった。

その頃には燃え盛っていたオークもボフンッと白い煙になる。

これでオークを全滅させたな。

「ジゼル、ナイスだった」

「お兄さまもすごいですね。瞬く間にオークを二体も倒してしまいました」

オレとアリスは、正体がバレるのを避けるために冒険者として活動する時はお互いの呼び方を変えていた。アリスはジゼルでオレはお兄さまだ。アリスにお兄さまと呼ばれるのは悪い気はしない。むしろ新たな扉が開いてしまいそうだ。

「次はいよいよ第十階層だな」

「お兄さまも初めての階層ですね」

アリスが「わたくしもがんばるぞ！」と言わんばかりにギュッと両手を握っている。そんなアリスがとても愛《いと》おしくてかわいらしい。

「オレたちなら楽勝さ。油断せずに行こう」

「お兄さま……」

オレはアリスのフードを被《かぶ》った頭を撫《な》でると、アリスと一緒に第十階層へと降りていくのだった。

ダンジョンの第十階層は、今までと同じように白い広々とした通路だった。違いを挙げるとすれば、冒険者の姿が多いことだろうか。

なんでこんなに冒険者がいるんだ？

「そこのお二人さん、第十階層は初めてかい？」

「ああ、なにか用か？」

猿顔の冒険者が馴《な》れ馴れしく話しかけてきた。悪意はなさそうだが……。何の用だ？

「そんなに警戒すんなよ。俺たちはお前たちを手伝ってやろうと思って声をかけたんだ」

「手伝う？」

「ああ。第十階層のボスは強いからな。俺たちが倒してやろうかって話だ。ついでに道中のモンスターも倒してやるし、お前たちは安全に第十階層を攻略できる。お代はボスドロップ品と金貨二枚だ。悪い話じゃないだろ？」

「はぁー……」

オレは呆《あき》れて深い溜息が出てしまった。オレたちはダンジョンに来てるんだぞ？　観光に来てるんじゃない。ボスとの戦闘を代行するなんて何で成立すると思ったんだ？

「必要ない」

「まぁ、待てよ。二人で攻略なんて絶対に無理だぜ？　俺たちに任せておけば、安全にブラックウッド級になれるんだぞ？」

「ブラックウッド？」

なんだそれ？

「おうよ！　ブラックウッド級になれば、冒険者ギルドで受けられるクエストの種類が一気に広がるんだ。なっといて損はねえぞ？」

ああ、冒険者ギルドの等級のことか。興味がなさすぎて存在を忘れていた。

でも、冒険者ギルドでクエストを受けるつもりもないし、オレたちには必要ないものだな。

「オレたちには不要なものだ。行くぞ、ジゼル」

「はい、お兄さま」

「あ、おい!?　二人じゃ絶対に攻略できないぞ！　警告はしたからな！　死んでも恨むなよ！」

背後で叫ぶ猿顔の男を無視してオレたちはダンジョンを進んでいく。

しかし、あんな商売が成立するんだな。それが一番の驚きだ。そんなに冒険者証の階級を上げることに価値があるのだろうか？

まぁ、必要になったら上げればいいか。

「お兄さま、第十階層のボスはそんなに強いのですか……？」

アリスが心配そうにオレに尋ねてくる。

まぁ、あんな言い方されたら心配になっちゃうよなぁ。

「たしかに第五階層のボスより強いけど、そこまで強くないよ。出てくるモンスターはハイオーク二体とオークジェネラル一体だし」

「お兄さまは本当にダンジョンに詳しいのですね」

「ま、まあね……。事前に調べておいたんだ」

さすがに前世で攻略したなんて言っても信じてくれないよなぁ。


「ダブルブロー！」

ハイオークの腹に一発。下がった顎に一発。高速のワンツーを繰り出す。『ダブルブロー』は体術のスキルだ。MPを消費するだけあってその威力は高い。英知の歯車の追加魔法攻撃も発動した四連撃。ハイオークに断末魔の声をあげる暇さえ与えず昇天させる。

残り二体のオークも既にアリスの発火ポーションによって燃え上がっており、倒れるのも時間の問題だろう。

「いくらオークが棍棒持ってるからって、ドロップアイテムまで棍棒というのはどうなんだ？」

そんなことを呟きながらも、オレはドロップした棍棒を拾って収納空間に収納した。こんなのでも売れば小銭にはなるからね。塵《ちり》も積もれば山となる作戦だ。

他にもオークはオークの睾丸《こうがん》をドロップするが、これも錬金術の素材になるので収納空間に収納していく。

オークの睾丸は、精力剤の材料なのだ。アリスも錬金術のスキルが上げられるし、精力剤を売ってお金にもなるし、一石二鳥である。

燃え盛っていた二体のオークがボフンッと白い煙となって消えた。

「おつかれさま、ジゼル」

「お兄さまもおつかれさまです」

「そろそろボス部屋だけど覚悟はいいかい？」

「……はい！」

「ジゼルが勇気ある女の子でよかったよ」

「あ、あの……」

「うん？」

アリスが近くに寄ってきて、オレの耳元で囁く。

「近くに他の人がいない時は、アリスって呼んでください」

「わ、わかった……」

なんだ今の!?　なんだか耳がゾワゾワして、背筋に電流が走ったような……!?

とりあえず、アリスに耳元で囁かれるのは危険だ！

オレはなんでもない風を装ってアリスの頭を撫でると、アリスとの距離を取った。

「？　お兄さま、お耳が真っ赤……？」

「え!?」

その時のアリスはまるでいたずらでも思い付いた猫のような表情をしていた。


「じゃあ、行くよ」

「はい……!」

たどり着いた第十階層のボス部屋。その大きな両開きの扉を開ける。

中には予想通り三体の人影があった。二メートルを超える筋肉質な巨漢、ハイオークだ。その二体のハイオークの後ろには、大きなバルディッシュのような両刃の斧《おの》を持った二足歩行のブタのような人影があった。鎧《よろい》を着込んだその姿は、オークジェネラルのものだ。

まずはハイオークを片付けてしまおう。

「「「GAaaaaaaaaaaaaaaaaaaaaaaaaaaaaaaaaaaaaaaaaaaaaaaaaaaa!!」」」

オレが収納空間を二つ展開すると、オークたちが威嚇するように吠《ほ》えた。

オレはそんなことには構わずに自分の為《な》すべきことを為す。

「ショットガン!」

ダォンッ!!

何重にも圧縮された風切り音がボス部屋に響き渡った。

オークの雄叫《おたけ》びをかき消すような轟音《ごうおん》がボス部屋を支配する。

その瞬間、二体のハイオークが消し飛んで白い煙と消えた。

オレがやったことは簡単だ。収納空間からクロスボウのボルトを撃ち出す〝ショット〟を多重展開しただけである。それはあたかもショットガンのようだったので、オレはこの技を〝ショットガン〟と命名した。

その効果はオレの予想以上に甚大だった。まさかハイオーク二体が消し飛ぶとは思わなかったな。ちょっと数を撃ちすぎたかもしれない。

でも、数をケチってアリスの前でカッコ悪い姿を見せたくないし……。まぁ、倒せたんだから結果オーライとしておこう。

「GA……!?」

奥にいたオークジェネラルが驚いたように固まっていた。ダンジョンのモンスターでも驚くことがあるんだね。

「えいっ！」

そして、その隙を見逃すアリスではない。アリスの投げた発火ポーションはオークジェネラルに命中し、オークジェネラルは勢いよく燃え上がった。

だが、混乱していたダンジョンの道中のオークたちとは違い、オークジェネラルは燃え上がっているにもかかわらず、バルディッシュを片手に突進してきた。その狙いはアリスだ。

「ダブルブロー！」

オレはアリスに向かって駆けるオークジェネラルを横からぶん殴る。オークジェネラルの狙いがアリスからオレに変わったことがわかった。

「えいっ！」

そのタイミングでアリスが次のポーションを投げる。ポーションはオークジェネラルの顔に当たると割れて、その中身をぶちまける。中に入っていたのは、透明な液体だ。

「GUUUUUUUUUUUUUUUUUUU!?」

オークジェネラルが激しく反応する。オークジェネラルの顔を見れば、その左半分がひどく爛《ただ》れていた。火によるものじゃない。おそらくアリスの強酸ポーションだろう。

錬金術師だけは敵に回したくないな。

そう思いながら、オレは暴れているオークジェネラルの顔を『ダブルブロー』で連打する。英知の歯車の追加魔法攻撃も発動した四連撃だ。

「Ｇｕａ………」

さすがにHPを削り切ったのか、オークジェネラルはボフンッと白い煙となって消えた。オレたちの勝利だ！

「お兄さま！」

テンションが上がっているのか、アリスが抱き付いてきた。ちょっとドキドキしてしまう。ひょっとしたら顔も赤くなっているかもしれない。仮面を着けててよかった。

「ああ！　ジゼル、よくやった！　いいポーション選択だったね。おかげで戦いやすかったよ」

「本当ですか？　よかったです！」

オレに抱き付きながらぴょんぴょん跳ねるアリス。彼女の嬉しさが伝わってくる。オレも嬉しい。

嬉しいけど、これはマズいかもしれない。

しっとりと汗ばんだアリスの甘い匂い。体に伝わるアリスの体温と柔らかさ。その……、アリスがぴょんぴょん跳ねるから、アリスの胸の感触がけっこうダイレクトに感じられてしまう。

「ジ、ジゼル、ジゼルはすごいなー！」

オレはそんなことを言いながらそっとアリスの肩を摑《つか》んで体を離した。

「お兄さま？」

アリスが不思議そうにオレを見上げていたが、ある一点、オレの耳あたりを見るとニヤッといたずら好きな猫のような笑みを浮かべる。

「アリス？　いや、アリスさん……？」

「いいえ、なんでもないですよ、ジルベール様」

なんだかニコニコしたアリスの顔が怖い気がした。


その日の夕方。

わたくし、アリス・エローはダンジョンから帰ってきて、アトリエで錬金術をしていました。今回は発火ポーションを多く使ったので補充しないと。

「それにしても……」

思い返すのは、ダンジョンでのジルベール様の姿でした。わたくしを守るように立ち回ってくださって、怖いダンジョンの中でもわたくしは安心していました。

「ふふふっ」

そして、今日発見したジルベール様の弱点。

たぶん、仮面を着けていたから気付けたのでしょう。ジルベール様は感情の高まりが耳に表れます。

ジルベール様は耳が弱いのです。耳元で囁くだけで耳が真っ赤になります。

いつもの真面目《まじめ》そうな澄ましたお顔も好きだけど、その裏で耳を赤くするほど動揺していたなんて！　かわいすぎます！

これからはジルベール様のお耳は要チェックですね！

それから、わたくしが第十階層のボスを倒せて、はしたなくもジルベール様に抱き付いてしまった時……。この時もジルベール様のお耳は真っ赤でした。

やっぱりジルベール様はわたくしの体に興味があるんだと思います。

最近はありませんでしたけど、以前はわたくしのお胸をいつも触ってきましたし！

やっぱりジルベール様も男の子なんですね。

そのことがなんだか少し嬉しく感じました。

第六章　自由身分

最近アリスの様子がおかしい。

急に耳元で囁《ささや》いてきたり、二人で歩く時も腕を組んできたりするのだ。

たしかに、婚約者としてみればその行動は普通なのかもしれない。

だが、オレはアリスに嫌われているはずなのだ。

オレはアリスに対して許されないことをしてしまった。家族から疎まれ、限界だった彼女をさらなる地獄へと突き落としてしまった。それがどんなにアリスの心を傷付けたか……。アリスがオレを嫌う理由はあっても好かれるような理由がない。

たしかに、関係改善のためにアリスにはフレンドリーに接してきたし、アリスの嫌がることはしていない。今のオレはアリスのためを思って行動している。

自分一人だけのことを考えたら、アリスのためにアトリエを作ろうとも思わなかったし、ダンジョン攻略もソロでいけるところまでいっていただろう。

「わからないなぁ……」

アリスの気持ちがわからない。

オレは一生をかけてアリスに償いをするつもりだ。オレはそれだけのことをしたのだ。アリスに好きな人ができたら婚約なんて解消するつもりだし、見返りなんて求めていない。

だが、今のアリスの気持ちがまったくわからない。

あれがアリス流の恨みの晴らし方なのだろうか？

女心ってわからない……。

「ジルベール様、考え事をしていると顔に書いてありますよ」

「すまん……」

「もっと真剣に取り組まねば。何事も基礎が大事です」

「ああ」

オレはマチューと向かい合いながらゆっくりと体の動きを確認するように拳舞を舞う。この拳舞には、オレの習っている拳神流の基礎が詰まっているらしい。これをマチューと三セットするのが毎日の日課だ。

なぜこんなことをするのかといえば、自分の動きの確認だな。変なクセが付いてないか確認したり、動きの精度を上げるためのものだ。

傍《はた》から見れば、ただゆっくり動いているだけだから楽そうだが、やってるこっちは真剣にやると汗が噴き出すほど体力を消耗する。格闘術って本当に奥が深い。

前世での話だが、無我の境地とは、考える前に反射で最適の行動がとれることだと提唱している人がいた。武術で何度も何度も基本や型の練習をするのは、体に最適な行動を沁《し》み込ませて、咄嗟《とっさ》の時にも体が反応するようにしているという話だった。

だから基本があり、型がある。

本当かどうかはわからないが、オレは一理あるのかなぁと思っている。

まぁ、基本が大事って話だね。

ちなみに、マチューをはじめ、兵士やメイド、執事からのオレの呼び方が「坊ちゃん」から「ジルベール様」に変わった。

アンベールに実質的に勝ったことで、オレのことを敬う存在として認めてくれたのだと思う。それぐらい彼らにとって衝撃的な出来事だったのだろう。中にはオレの方が次期当主にふさわしいなんて声もあるくらいだ。

「ジルベール様」

「ん？」

マチューと拳舞をしていると、後ろから声をかけられた。振り返ると、一人のメイドが立っていた。

「旦那様がお呼びです。至急いらしてください」

「父上が？」

何の用だろう？

勝手にアリスのアトリエを作ったことへの文句だろうか？

まぁいいや。オレもフレデリクには用があったし。

「わかった。今すぐ向かう。知らせてくれてありがとう。マチュー、そういうわけだ。すまんが今日はこれまでにしてくれ」

「わかりました」

「こちらです」

メイドに続いてオレは練兵場を後にした。


「ジルベール様をお連れいたしました」

「失礼します」

フレデリクの執務室に入ると、背後に執事のマルクを従えたフレデリクの姿があった。

「ご苦労」

フレデリクが労《ねぎら》うと、メイドは静かに去っていく。これで部屋の中にはオレとフレデリク、マルクの三人だけだ。

「父上、お呼びと聞きましたが？」

「そうだ。ジルベール、お前をムノー侯爵家から追放する。この意味がわかるか？」

フレデリクがオレを睨《にら》むように見ていた。

意味がわかるもなにもそのままの意味だろう。

「私を家の外に出して、確実にアンベールに侯爵家を継がせるためですね」

「そうだ。手切れ金は用意してやる。王族と縁戚になる今、お家騒動などでムノー侯爵家の力を削《そ》ぐわけにはいかん。貴様はもはや邪魔なのだ。受け入れろ」

相変わらず上からものを言う人だね。

こんな条件、人をバカにしているとしか思えない。

結局、フレデリクはオレのことを認めたくないのだ。要は過去の自分の判断を間違いだと認めたくないのだろう。そんなつまらない理由で、オレを追放しようとしている。

ああ、だからオレのことを放置していたのか。アリスのアトリエを勝手に作ったことでなにか言ってくるかと思えば、追放するからオレの行動を見逃していただけだったのか。

近頃は、アンベールよりもオレの方が次期侯爵にふさわしいなんて噂《うわさ》が大きくなっているからね。

ようやくそのことに危機感を抱いたらしい。

さて、どうするか？

オレが助言しなければ、ムノー侯爵家にはゲーム通り破滅が待っているだろう。

オレは、このフレデリクを含め、家族を救うべきなのだろうか？

結局、オレは口を閉じることを選んだ。オレの家族への情の薄さ、そして彼らのオレへの仕打ちがオレの口を重くした。

「わかりました。お受けします」

話は受けることにした。口を閉じることを選択した以上、ムノー侯爵家からはできるだけ離れていたい。もうオレに侯爵になる拘《こだわ》りはない。

「ほう？」

フレデリクが意外なものを見る目でオレを見てきた。

まぁ。普通はこんな話、すんなり受けないだろう。

だが、オレはムノー侯爵家の破滅する未来を知っている。できればムノー侯爵家とは無関係になりたかったから、願ったり叶《かな》ったりだ。

「話は以上だ。消えろ」

家のために身を引いたのに、礼の一言もなしか。

オレだって家中にアンベールよりもオレの方が次期侯爵にふさわしいという声があることは知っている。

今回オレを家の外に出すのはそういった声が大きいからだ。

だがそれでもフレデリクはアンベールを選び、オレを捨てる決断をした。

そしてオレは、それを粛々と受け入れた。

それなのにフレデリクは父親としてオレに礼も謝罪もなく、父親として息子に声をかけることもなかった。

「失礼します。今までありがとうございました」

おかげでオレもそれほど心を痛めずにムノー侯爵家を捨てる決断ができたよ。そこだけは感謝しようかな。

「ああそうだ。ムノー侯爵、できれば絶縁状が欲しいのですが」

「なに？」

「確実にアンベールを侯爵にしたいのでしょう？　でしたら、オレとの関係を断ち、それを王宮に届け出るべきです」

「……そうだな。そうしよう」

オレは密《ひそ》かにガッツポーズを決め、フレデリクの執務室を後にしたのだった。


電撃的に発表されたオレの追放。これによって、オレはムノー侯爵家の人間ではなくなった。というか、貴族ですらなくなった。次期侯爵はアンベールに決定したわけだな。そのせいか、アンベールは最近、機嫌がいいらしい。

「ジルベール様は本当にこれでよかったのですか？」

アリスが心配そうにオレを見ていた。

「アリスは侯爵夫人になりたかった？　申し訳ないけど、オレは侯爵の地位に拘りはないんだ。だって大変そうだろ？　オレはそんなことよりもダンジョンに潜っていたい」

「ジルベール様は本当にダンジョンがお好きなんですね。わたくしも侯爵夫人なんて荷が重いです」

「ならこれでよかったんだよ」

「はい」

「オレのことよりアリスはいいの？　今のオレはもう侯爵家の人間でもないし、ましてや貴族ですらないけど……」

「いいんです！」

「え？　でも……」

「いいんです！」

自分の婚約者がただの平民になったというのに気にもしていないみたいだった。普通、婚約破棄ものだよ？

だけど、そんなアリスの態度に慰められているオレも確かにいるのだった。

オレがムノー侯爵家を見捨てると選択した以上、ムノー侯爵家はゲームのシナリオ通りに潰されるだろう。

フレデリクには関係を断ってもらったし、オレは平民だから、主人公が待ってる学園に行かなくてもいい。

とりあえず、死亡フラグを回避できたんじゃないか？

まぁ、これから先の運命がどうなるかなんて誰にもわからないけどな。


そんなこんなで数日後、オレとアリスはムノー侯爵家の屋敷から追い出された。もう親子でもなんでもないただの他人だからね。屋敷に置く理由もない。

オレが屋敷を追い出されるのと同時にアリスも屋敷を追い出されてしまった。

まぁ、オレがムノー侯爵家の人間ではなくなるのだから、アリスもムノー侯爵家とは無関係ということだろう。

オレとしてもあんな危険な屋敷にアリスを泊めておくわけにもいかなかったからいいんだけどさ。

一応、エロー男爵には連絡を入れておいたのだが、結局返事は来なかった。もうアリスに興味がないのか?

ただ、男爵家から追放するとも言われなかったので、アリスは男爵令嬢のままだ。もしものための保険として手駒に取っておくつもりだろうか?

やっぱりエロー男爵は好きになれそうにない。

行く当てには悩んだけど、なんとデボラとマチューがオレールの街に家を用意してくれた。家を買うお金はフレデリクから貰《もら》った手切れ金を使い、それなりに広い家を持つことができた。アリスのアトリエも移動が完了したし、デボラとマチューに感謝である。

とはいえ、いつまでもデボラとマチューに頼りっきりってのもよくない。できれば自活できるようになりたい。

まぁ、オレがお金を稼ぐ方法なんて冒険者しかないけどね。

アリスは練兵場やお店に錬金術で生み出したポーションやアイテムを売ってお金を稼いでいる。

オレも負けていられないな。

オレは冒険者として、アリスは錬金術師としてお金を稼いでいく。

家具なども買《か》い揃《そろ》え、それなりの生活ができるようになってきた。

まぁ、贅沢《ぜいたく》はできないけど、たまにデボラとマチューが様子を見に来てくれるし、差し入れもくれる。

オレも前世では独り暮らしの経験があるし、それなり以上に上手《うま》くいってるんじゃないかな？

人は一度上げた生活水準を元には戻せないなんて聞いたことがあるけど、まだ子どもだからよかったのか、オレとアリスにとってはそんなに辛《つら》いものじゃなかった。むしろのびのびできて解放感すらある。アリスも年相応の明るい笑顔を見せてくれることが増えたような気がした。

最初は戸惑うこともあったけど、そんな生活が二か月も続けば日常になる。

「アリス、ご飯だよ」

「はーい」

アトリエのドアを叩《たた》くと、すぐにアリスが出てきた。彼女は所々汚れたエプロンを外すと、シンプルなワンピース姿でオレの手を取る。オレも元侯爵家の人間にはとても見えない素朴《そぼく》な服を着てアリスの手を握り返した。

「ジルベール様、今日のご飯は何ですか？」

「新鮮な豚肉が手に入ったからね。今日は生姜《しょうが》焼きにしたよ」

「おいしそうな匂いがここまでします！」

二人でリビングに入ると、アリスの選んだかわいらしい家具たちがオレたちを出迎えてくれた。

「温かいうちに食べちゃおうか」

「はい！」

アリスと二人で食卓を囲む。なんだか屋敷にいた時よりも心が満たされている気がした。

「おいしい……！」

「口に合ってよかったよ」

「ジルベール様は料理もお上手《じょうず》ですね」

「アリスも上手じゃないか」

アリスは錬金術をしているからか、料理が得意だ。今日はオレが当番だったけど、明日はアリスが食事当番だし、今からとても楽しみだよ。

生姜焼きを頬張り、黒パンを千切って口に放り込む。食事の質は確かに下がったけど、それ以上に心が満たされていた。


誕生日も過ぎて晴れてオレたちが十二歳になった頃。屋敷を追い出されて三か月が経《た》とうとしていたある日、オレールの街は激震に見舞われた。

なんと、フレデリクがダンジョンに入るためには税を納めるべきと宣言したのだ。冒険者たちは、その階級に応じてダンジョン税を払わないとダンジョンに入れなくなってしまった。

ダンジョン税自体はそんなに高いものじゃない。だが、冒険者からの反応は悪い。

今まで無料で入れたのにいきなり金を請求されれば誰だって不満に思う。

特にひどいのが、低階級の冒険者の反応だ。ダンジョンの低階層では、宝箱でも見つけない限り実入が少ないんだ。まずモンスターのアイテムドロップ率が低いし、ドロップしても棍棒《こんぼう》とかいうただの木の棒とかだしな。

ダンジョン税なんか払っていたら、低階層を攻略していた冒険者たちは収支がマイナスになってしまう。

その結果、低階層を攻略する冒険者が激減した。

冒険者というのは、なにもダンジョンの攻略だけが仕事じゃない。薬草を採取したり、野生の魔獣を倒したり、行商人の護衛をしたり、他に仕事なんていくらでもある。そちらに低階級の冒険者が流れた。

フレデリクは、税収が増え、領内の魔獣が積極的に倒されるようになった状況に満足しているらしい。

そのしっぺ返しの痛さも知らずにな。

数日後、オレたちは冒険者たちの動向とフレデリクの施策の成果を確認するためにダンジョンを訪れた。

いつもなら冒険者たちが列をなしているのだが、今日はガランとしている。心なしか、街全体の活気も落ちた気がした。

「冒険者証を見せろ」

「ああ」

オレとアリスは、ダンジョンを囲う壁を守る兵士に首に下げた冒険者証を見せた。

「ペーパー級だな。なら一人銀貨一枚だ」

「ああ」

ペーパー級、冒険者の一番下の階級でも銀貨一枚だから高いよなぁ。銀貨一枚あれば節約すれば一日暮らせるからなぁ。これじゃあ低階級の冒険者が逃げ出すわな。

オレは冒険者の階級に興味がなかったから上げていないが、普通に冒険者として階級を上げていたら、もっと取られるところだった。

オレはムノー侯爵家が順調に滅びの道を進んでいるのを確認してダンジョンに潜るのだった。


「せやっ！」

目の前の直立したワニのようなモンスター、リザードマンに左右のワンツーを繰り出した。それだけでリザードマンはボフンッと白い煙となって消える。

やはり最強装備である英知の歯車の攻撃力はこの階層ではかなり強力だな。楽にモンスターを倒せる。いいことだ。

「えいっ！　やぁっ！」

背後からアリスの声が聞こえる。見れば、残り二体のリザードマンが、しきりに目を擦《こす》っていた。目潰しかな？

「ナイスだ、ジゼル！」

オレはリザードマンがでたらめに振る槍《やり》を回避し、懐に潜ると『ファストブロー』を叩き込む。白い煙となって消えていくリザードマン。その姿を確認することなく、オレはもう一体のリザードマンにも『ファストブロー』を叩き込んだ。

「ふぅ」

これで終わりだな。

「おつかれさまです、お兄さま」

「ああ。ジゼルもナイスだった。おかげで倒しやすかったよ」

「えへへ」

フード越しにアリスの頭を撫《な》でると、アリスは恥ずかしそうな、嬉《うれ》しそうな声をあげる。少なくとも嫌われてはいないない。……と思う。たぶん。

だが、アリスの頭を撫でるのはもう少ししたら控えないとな。アリスも今後は普通の女の子として成長していくわけだし、身だしなみにも気を付けるようになるだろう。セットした前髪を崩すと怒られるだろうしな。

「ドロップアイテムはありませんね」

「まぁ、もともとドロップする確率も低いからね。ドロップしてもあまり高値で売れないし」

第十四階層のリザードマンのドロップアイテムは木の槍と鱗《うろこ》だった。買取価格も低かったが、一応収納しておいた。

オレールの街のダンジョンで儲《もう》かるようになるのは、だいたい二十階層くらいからだ。

「それよりも先に進もうか。あれはスライムじゃないか？　ジゼル、頼んだ」

「はい！」

アリスは腰のポシェットからフラスコのようなものを取り出すと、スライムに向かって駆けていく。

「えいっ！」

アリスがフラスコを投擲《とうてき》する。フラスコはスライムに命中すると割れ、勢いよく燃え盛り始めた。

アリスの発火ポーションだ。

スライムは苦しむようにのたうち回り、次第にその動きが緩慢になると、ボフンッと白い煙となって消える。

動きの遅いスライムは、アリスにとっていいカモだな。

「ジゼル、よくやった」

「はい！」

アリスがオレに頭を突き出すようにしている。撫でろってことか？

「偉いぞ、ジゼル」

オレはアリスのフードをポンポンと軽く叩いて撫でる。

「むふー！」

キツネのお面で表情はわからないが、アリスからは満足そうな声が聞こえた。

アリスは今まで辛い境遇にいたから、人との触れ合いに飢えているのかもしれないな。

だが、この素直なアリスももう少しで見納めかな。アリスも十二。第二次性徴が始まると、女の子は態度を大きく変えるからな。

嫌われないといいけど……。

まぁ、これぱかりは実際になってみないとわからないか。

その後も、オレとアリスは順調に第十四階層をクリアした。

だいぶダンジョンもクリアできてきたな。次は第十五階層、ボス戦もある。気を引き締めないとな。まぁ、楽勝だろうが。

アリスもだいぶ育ってきた気がする。ずいぶん錬金術にも精通してきたし、肉体レベルも上がってMPが増えたから加速度的に錬金術スキルが上がっている気がする。

こんな時にステータスで数値を確認できたら便利なんだがなぁ。まぁ、ないものは仕方ない。

「ねえ、お兄さま。明日もダンジョンに潜るの？」

「ああ。ジゼルが学園に行く前にできるだけ実力を上げておかないとね」

「学園？」

アリスがこてんと首をかしげた。

この国の貴族の子どもたちは、王都の学園に入学することになっている。アリスは嫌がるかもしれないけど、オレはアリスに学園に通ってほしいと思っている。オレにはもう資格はないけど、せめてアリスには普通の貴族子女としての生活を送らせてあげたい。

それに学園に通えば、たくさんの人に出会うことになる。アリスの成長にもつながるし、たくさんの人に会えば、アリスも自然と好きな人ができるかもしれない。オレはアリスにひどいことをした過去があるからね。彼女が望むのなら、喜んで婚約を解消するつもりだ。

この国では、個人の強さが貴ばれる。アリスも強ければ、学園に行っても侮られることはないだろう。王都にもダンジョンはあるが、学園の生徒になると授業があるからずっとダンジョンに潜っているわけにはいかない。できればこのオレールの街のダンジョンの第二十階層くらいまでは攻略しておきたい。

冒険者の姿が消えたダンジョンの中。オレとアリスは第十七階層の白い通路を歩く。相変わらず戦闘は単調だ。モンスターの懐に潜って殴るだけ。やはり英知の歯車の攻撃力はこのあたりの階層では少々オーバーキルすぎる。

それに、アリスの存在も大きい。アリスは攻撃力という面では貧弱だが、多彩なポーションでモンスターの足止めをしてくれる。これによって、オレはモンスターと一対一の状況を作ることができ、倒すのが容易になった。

やっぱり【錬金術師】は強いな。いろいろなアイテムで敵を弱体化できるし、アリスももう少ししたら攻撃力の高いアイテムを作れるようになるだろう。

「色違いでも出ないかなぁ……」

「お兄さま、色違いってなんですの？」

「ジゼルは知らないか。ダンジョンには、通常とは違う色のモンスターが出現することがあるんだ。それを色違いって呼ぶんだよ」

オレが初期に倒したメタルスライムなんかが色違いだ。

「色違いを倒すと、大量の『存在の力』が手に入ったり、特殊なアイテムが手に入るんだ。その分、色違いは普通のモンスターより強いけどね」

「大丈夫でしょうか……？」

「ジゼルは心配性だね。オレたちなら大丈夫さ。それに……」

「それに？」

「できるだけ強くなっておきたいんだ」

「強く……」

「ジゼル、来たよ」

「はい！」

迷路のような白い幅広の通路。その角からリザードマンとゴブリン、オークの混成部隊が顔を出す。数は五体だ。

「お兄さま、ちょっと待っててくださいね。えいっ！　えいっ！」

「ん？　ああ」

アリスが投げたのは、細い試験管のようなアイテムだった。それは二つとも通路の天井に当たり、粉を撒《ま》き散《ち》らす。

アリスが珍しく狙いを外したのかと思ったが、なんだか粉を浴びたモンスターの様子がおかしい。しきりに目を擦ったり、えずいているモンスターもいる。中には涙を流しているモンスターの姿もあった。モンスターって涙を流すんだ……。

「お兄さま、どうぞ」

「ああ」

たぶん、催涙弾だな。たしかそんな錬金術アイテムがあったはずだ。

一気に無力化できたモンスターたちを、オレは一体ずつ狩っていく。五体もいたのに、モンスターはロクな反撃もできず白い煙となって消えた。アイテムのドロップはなし。まぁ、こんなものだ。

「ジゼル、ありがとう。いい判断だったね。おかげですぐに倒せたよ」

「いくら催涙弾で弱らせているからって、すぐに倒せてしまうお兄さまもすごいです！」

変装のためとはいえ、アリスにお兄さまって呼ばれると、なんだかいけない気持ちになっちゃいそうだ。オレの中のアリスへの庇護《ひご》欲がぐーんと高まったのを感じる。

「アイテムもドロップしなかったし、次に行こうか」

「今回は撫でてはくださらないのですか……？」

キツネのお面をしたアリスが、なにかをねだるようにオレを見上げていた。

アリスもお年頃だし、このまま少しずつ頭を撫でる回数を減らしていこうと思ってたんだけど……。アリスにねだられたら敵《かな》わない。

「おいで、ジゼル」

「はい！」

オレはアリスのフードを外して、ゆっくりと丁寧に頭を撫でるのだった。

アリスが心根でオレのことをどう思っているのかはわからない。だが、オレはアリスには幸せになってほしいと強く願った。


数日後。

「せあっ！」

「えいっ！」

アリスと一緒にモンスターを倒しながら白い通路を進んでいく。相変わらず、他の冒険者の姿は見えなかった。

「お兄さま、これを」

「ありがとう、ジゼル」

モンスターを倒し終わると、ジゼルがポーションをくれた。アリスが作った初級ポーションだ。第二十階層にもなると、まだ掠《かす》り傷《きず》程度だが、攻撃を貰うようになってきた。一度に戦闘になるモンスターの数が多くなったからね。二人で六体のモンスターを相手にするのは少し難しくなってきていた。

仲間を増やせばいいんだろうが、仲間の当てがないんだよなぁ。

「もうすぐボス部屋だけど、ジゼルは心の準備はできてる？」

「はい。だってお兄さまがいるんですもの。きっと勝てますわ！」

嬉しいことを言ってくれるね。これはいいところを見せないと！

「敵はオークキングをリーダーにした二十体のオークとゴブリンの混成部隊だ。まずは遠距離攻撃で一気に数を減らそう。そして、モンスターが五体以下になったところで、オレがモンスターとの距離を詰めるよ。あとはいつも通りだね」

「はい！」

本当は、遠距離攻撃をし続ければ楽に殲滅《せんめつ》できるだろう。でも、それではオレの成長につながらない。オレはこの世界で格闘術を習い始めて、基礎の大事さを知った。

ゲームだったら、ただ強い技を連打したら勝てた。でも、現実はそんな簡単じゃないんだ。技につなげるまでの足運びや、位置取り、牽制《けんせい》やフェイントの大切さ、そういった技とも呼べないような技術がすべてなんだ。

「見えてきた……」

通路の先には、大きな両開きの扉があった。あれがボス部屋への入り口だ。

「行こうか、ジゼル」

「はい！」

アリスもだいぶ前向きになってきたな。前ならもっとボス戦と聞けば心配そうな顔を浮かべていたはずだ。アリスが前を向く手伝いができたのなら嬉しい。

扉を開けると、獣臭い臭気が漂ってきた。白くて広い部屋の中は、まるで床や天井自体が輝いているように明るい。

そんな部屋の中に見えるのは、二メートルほどある巨漢のオークや、その半分ほどの身長の小柄なゴブリンの姿だ。その奥には、まるで王族のような豪華な衣装を身にまとった一際大きなオークの姿も見えた。

「GUABAAAAAAAAAAAAAAAAAAAAAAAAAA!!」

その王様のようなオーク、オークキングが雄叫《おたけ》びをあげる。

「連装ショットガン！」

「えいっ！　えいっ！」

オークキングの雄叫びに、オレとアリスは攻撃で応じる。

収納空間を展開し、オレが今まで『指弾』で弾《はじ》いてきた小型鉄球を放った。

鉄球は目に捉えられない速度で飛翔《ひしょう》し、ゴブリン、オークを無差別に穿《うが》つ。そして、発動するのは、英知の歯車の無属性魔法の追加攻撃だ。

オレの『指弾』には、鉄球本体の打撃力だけではなく、英知の歯車の追加攻撃も乗っているのだ。

ドゴォオオォォォンッ！　ドゴォオオオオンッ！　ドゴォオオオンッ！

〝ショットガン〟の発動と同時に、ゴブリンとオークを爆炎が襲う。アリスの爆発ポーションだ。

爆発ポーションによって、アリスは直接的な攻撃力を手に入れたのだ。

爆発が続くこと十回ほど。爆煙が薄くなると、立っている影は三つにまで減っていた。

行くか！

「アリス、行ってくる」

「はい！　ご武運を！」

アリスに手を振って三つの影に向かって疾走する。見えてきたのは、オークキングの姿と、ボロボロの鎧《よろい》姿のオークジェネラルの姿だった。

「ＧＡＵＧＡ！」

オークキングはオレの接近に気が付くと、その腰に提げていた王笏《おうしゃく》を振り上げる。

すると、二体のオークジェネラルが弾かれたように動き出し、その手に持った巨大な斧《おの》を振り上げた。

オークキングの味方の強化能力だろう。オークキングは厄介で、味方の攻撃力と防御力を強化する能力を持っている。

先にオークキングを倒したいところだが、それを邪魔するように二体のオークジェネラルは立っていた。

不幸中の幸いなのは、最初のオレの〝ショットガン〟とアリスの爆発ポーションで、ヒーラーのオークオラクルや、魔法使いであるオークシャーマンを仕留められたことだろう。

残すは三体のオークのみ。

【収納】のギフトの力を使えば、楽に倒せる。それこそ離れた所から〝ショットガン〟を連打してたら、勝手に勝てるだろう。

だが、それではオレの格闘術のセンスが磨けない。

こいつらは、格闘術だけで倒す！

ブオンッブオンッ!!

体を半身にして、オークジェネラルたちの両手斧を連続で回避する。まずは右のオークジェネラルから片付けよう。

オークジェネラル。その二メートルを超える筋肉質な体格は、間近で見ると脅威だ。このオークジェネラルの操る両手斧の一撃は、オレを即死させることができるだろう。

動きやすさを重視して、オレの装甲は紙みたいなものだからね。

だが、懐に飛び込んでしまえば、一気にオレが有利になる。

「ファストブロー！　ダブルブロー！」

スキルを使って一気に倒す。拳を打ち込むたびに、オークジェネラルの金属鎧が弾《はじ》け飛《と》んだ。

「フィニッシュブロー！」

左右の乱打からのアッパー！

もちろん、そのすべてに英知の歯車の追加攻撃も発動する。合計二十発の連続攻撃だ。

さすがにこの猛攻には耐えられなかったのか、ついにオークジェネラルが後ろへと倒れていく。

ドサッと重い音を立てて白い床に大の字に倒れ、ボフンッと白い煙となって消えていった。

ブオンッ!!

しかし、オレにそれを悠長に眺めている時間はない。オークジェネラルはもう一体いるのだ。

オークジェネラルの両手斧の一撃を回避する。そして、オークジェネラルの懐に潜り込もうとしたら、今度はオークキングが王笏で殴りかかってきた。オークジェネラルの隙をカバーするように立ち回っている。厄介だ。

オレはのけ反るようにして、ギリギリのところでオークキングの王笏を回避する。

その頃にはオークジェネラルは両手斧を振り上げていて、隙がない。

二対一というのは、圧倒的に不利だ。オークジェネラルとオークキングはお互いの隙をカバーするように連続攻撃を仕掛けてくる。これでは手が出せない。

が、手はある。

オレは小さな収納空間を展開すると、その中からあるものを左右の手に取り出した。

「指弾!」

そのあるものとは、ビー玉より一回り大きなサイズの鉄球だ。それを左右の親指で弾いて、オークキングを狙う。

「指弾!」

「GAHU!?」

スキルとしてMPを消費するだけあって、『指弾』の威力は強力だ。見る見るうちにオークキングがボコボコになっていく。『指弾』にも英知の歯車の追加攻撃が乗るからね。使っているオレでも卑怯《ひきょう》に思うくらいエグイ。

ブオンッ!!

オークキングが『指弾』を嫌ってオークジェネラルの後ろに隠れた。この時こそ好機!

オレはオークジェネラルの両手斧を紙一重で回避すると、その懐へと潜り込んだ。

「ラッシュ!」

そして、殴る! 殴る! 殴る!

殴るたびにオークジェネラルの体はくの字に折れ曲がっていき、立ったまま絶命したのか、そのままボフンッと白い煙になった。

その煙を突き破るように王笏が目の前に現れる。

オークジェネラルの後ろに隠れていたオークキングの不意打ちだ。

だが、オレはそれさえも予測していた。

オレの足は事前に決められていたかのようにステップを踏み、回転してオークキングの王笏を避《よ》ける。

「GABU!?」

そして繰り出されるのが、右の裏拳だ。英知の歯車はオークキングの頭蓋骨を容易《たやす》く砕き、その追加攻撃でオークキングを滅殺する。

オークキングも白煙となって消え、戦場にはオレ一人だけが立っていた。

完全勝利だ！

「ジルベール様ー！」

「アリス！」

アリスがオレに飛び付くように抱きしめてきた。ふわりと香った薬草の匂いに安心感を覚える。

「すごいです、ジルベール様！　あんなに強そうなモンスターを一人で倒してしまうなんて！」

「ありがとう。でも、それを言うならアリスもすごいよ。あんなにたくさんのモンスターを一気に片付けてしまうなんてね。あれは爆発ポーションだろ？　アリスの錬金術の成長スピードはすごいね。毎回驚かされるよ」

アリスと抱きしめ合っていると、じんわりと彼女の体温が伝わってくる。それがとにかくオレを癒やしていく。このままアリスを抱きしめたまま寝てしまいたいくらいだ。

「とりあえず、これで目標の二十階層はクリアだね」

「はい！」

オレもそうだけど、アリスもかなり肉体レベルが成長したと思う。そのことは、錬金術でＭＰを使うアリス本人もわかっているだろう。

それに、今のアリスの笑顔は大輪の花が咲いたように美しい。

少し前までのアリスからは想像もできないほど、アリスは明るく前向きになっていた。

エロー男爵家で虐げられてきただろうアリスにとって、自分にもできることがあるというのは、自己肯定感の向上につながり、やがて自信になったのだと思う。

ダンジョンで戦って、肉体レベルが上がって、できる錬金術が増えていく。そうした正の連鎖が、傷付いたアリスの心を癒やしてくれたようだ。

「アリス、これからはオレのことを、その、二人きりの時はジルって呼んでくれないか？」

「え!?」

アリスが驚いたような声をあげる。オレはもう貴族じゃないけど、貴族にとって名前とは特別なものだ。愛称で呼ぶことを許すというのは、かなり相手に心を許している証《あかし》である。

「その、ジル、様？」

アリスがおっかなびっくりしながらジルと呼んでくれた。それだけでオレの心は満たされていく。

「ありがとう、アリス」

「こちらこそ、ありがとうございます、ジル様」

二人で見つめ合って笑っていると、アリスがなにかに気が付いたようだった。

「ジル様、あれ！」

「ん？」

アリスの目線の先には、大きな木の宝箱があった。二十階層をクリアしたご褒美だね。

「開けてみようか」

中身はランダムだからオレにもわからない。なにが出るかな？

できれば当たりアイテムだといいけど……。

期待しながら宝箱を開けると、中には白い粘土のようなものが入っていた。

「これって何でしょう？」

「これは錬金術用のアイテムだね。人工精霊の素体《そたい》だよ」

まさか、一番出現確率の低いレアアイテムが出るとは思わなかったな。

オレは白い粘土を掴《つか》むと、アリスに差し出した。白い粘土はひんやりとしていた。

「これはアリスが持っているといいよ。今はまだ無理だけど、アリスが錬金術を極めていけば、心強い味方になってくれるはずだ」

「ありがとうございます、ジル様」

第七章 王都

ダンジョンに潜ったり、ランニングしたり、マチューと稽古したり、錬金術をしたりしながら、オレとアリスの日々は過ぎていった。

だが、そんな生活も終わりを迎える。

アリスが王立学園に入るために王都に向かうのだ。もちろん、オレも付いていくつもり満々である。

「あの、ジル様？　ジル様は学園に通われないのですか？」

「オレはもういいかなって」

学園に興味がないわけじゃないけど、学園にはオレを殺す主人公がいる。近づかないのが一番だ。

まぁ、学園に入りたくても、今のオレはただの平民だから無理だけどね。

だから、オレは王都のダンジョンに通ってアリスの学費を稼ぐ作戦なのだ。オレはアリスの保護者だからね。

学園は貴族向けの学校だからか、学費がべらぼうに高い。しかし、王国最先端の学問の場だ。なんとかアリスを通わせてあげたい。錬金術用の設備も最新だからね。それに教師から学べばアリスも飛躍的にその才能を開花させるはずだ。

それに、オレとしても王都のダンジョンに行ってみたい。オレールのダンジョンでは百一階層までのデータが残っていたけど、それは王都のダンジョンでも同じなのか、クリアアイテムを手に入れることができるのかも確かめたい。

「ジル様が通わないなら、わたくしも――――」

「それはダメだよ、アリス」

オレはアリスには幸せになってもらいたい。

「アリス、キミは学園に行くんだ。きっと学園ではさまざまな人たちに出会うだろう。もしかしたら、あまりいいことがないかもしれないし、辛《つら》い思いもするかもしれない。それでも、オレはアリスに学園に通ってもらいたい」

「それはどうしてですか？」

「それはね、アリス。オレはアリスに幸せになってほしいからなんだ」

べつにオレはアリスが学園に通ったからといって絶対に幸せになれるとは思っていない。でも、アリスから選択肢をできるだけ奪いたくないのだ。

学園生活の中で、アリスもきっと恋をするだろう。その相手がオレでなくてもかまわない。オレはアリスが幸せになれるのなら、喜んで婚約解消をする覚悟だ。

それに、今のアリスは少しオレに依存しすぎている。学園生活は、アリスが一人の女性として成長するいい機会となるだろう。

「ですが……」

「アリス、オレのことは気にしないで、めいっぱい学園生活を楽しむといい。学園に行けないオレからのお願いだ」

「ジル様のお願い……。わかりました……」

アリスは少し寂しそうな表情を見せたが、最終的には頷《うなず》いてくれた。

さて、アリスも学園に行くことに同意してくれたし、とっとと王都に行くか。フレデリクやらアンベールの邪魔が入っても嫌だし。

まずは、デボラとマチューに報告だな。

そんなわけで、オレはデボラとマチューを家に呼んだ。

二人とも差し入れを持ってきてくれるあたり、かなり優しいよね。

アリスが選んだかわいらしい家具が置かれたリビングで、オレとアリス、デボラとマチューでテーブルを囲む。

職業病なのか、お茶とお菓子はデボラが用意してくれた。

「デボラ、マチュー、来てくれてありがとう。今日は二人に報告がある」

「坊ちゃま？　報告ですか？」

「ジルベール様が言うと物々しいですね」

デボラとマチューは何が出てくるのかと戦々恐々といった感じだった。

「実は、オレとアリスは王都に向かおうと思う」

「ジルベール様、アリス嬢もですが、二人で大丈夫ですか？」

「そうです。アリス様は学園に入るとのことなので問題はないでしょうけど、坊ちゃまはどうなさるおつもりですか？」

マチュー、デボラが心配そうな顔でオレとアリスを見る。

「大丈夫、大丈夫。アリスは学園だし、オレは一人でダンジョンにでも潜るさ」

オレはムノー侯爵家を出る時に、デボラとマチューには冒険者のジャックとして活動していることを話していた。

二人は驚いていたし、叱られもしたが、まぁ最終的に諦められた経緯がある。

「坊ちゃまのダンジョン好きは相変わらずですね……」

「俺たちとしては、心配なんでやめてほしいところなんですが……。聞かないでしょうねぇ……」

「ああ！」

デボラとマチューが肩を落として溜息《ためいき》を吐《つ》いた。二人があまり強くオレを止められないのは、たぶんお金を稼ぐ必要があることをわかっているからだろう。

オレが生活するためにも、そして、学園のバカ高い授業料を払うためにも大金が必要なのだ。この家を売っても全然足りないくらいな。

「ジルベール様、王都に行くのはいいんですが、ちゃんと行けますか？」

なんだか、初めてのお使いを心配する父親のようにマチューが言う。

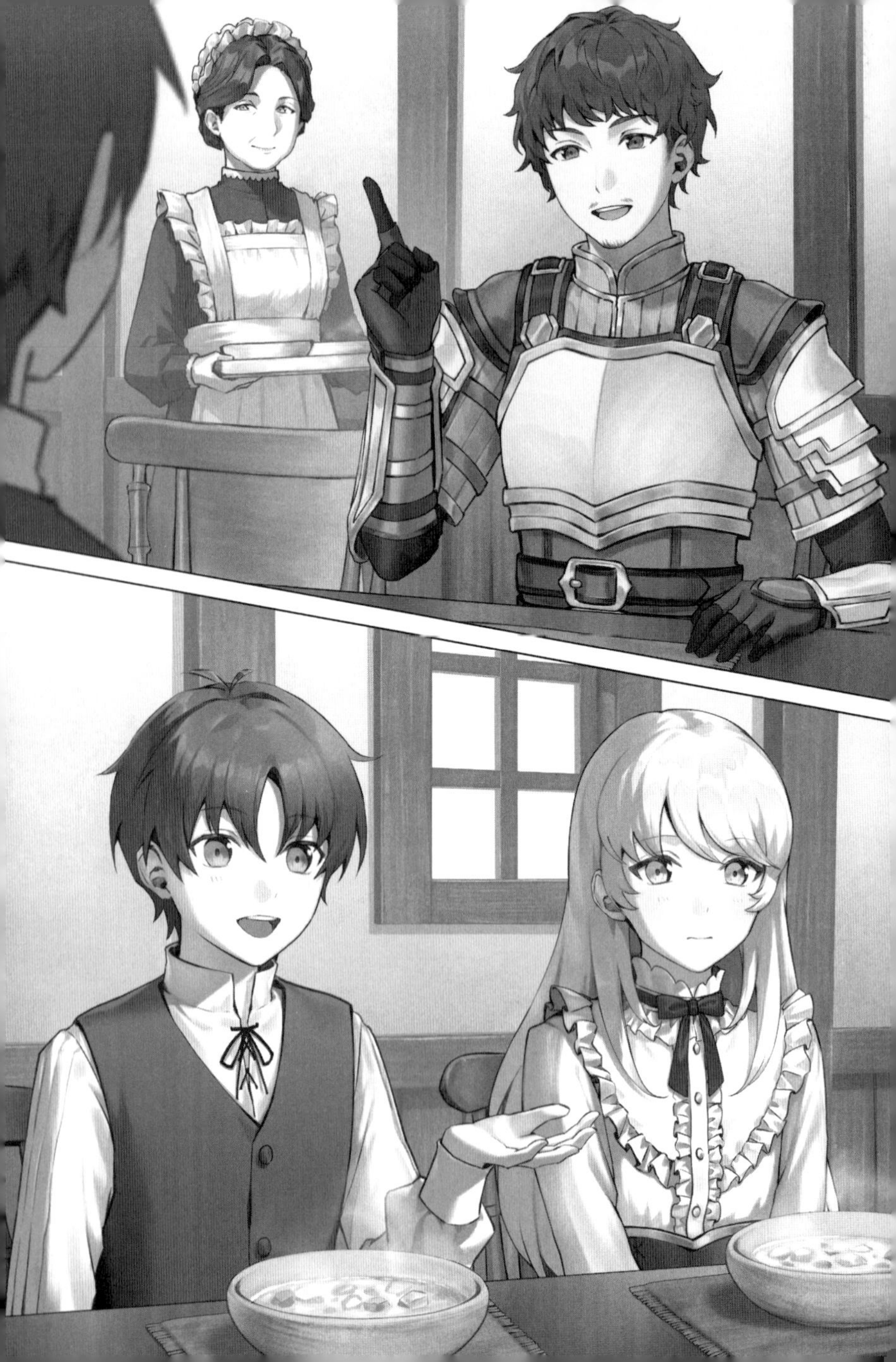

「そこが問題なんだよなぁ。オレはオレールの街から出たこともないから、道なんてわからないぞ？　乗合馬車というものがあるらしいが……。それに乗ればいいのか？」

「なるほど。もしジルベール様さえよかったらですが……。近々、王都に行く奴《やつ》を一人知っています。そいつが冒険者ギルドに護衛依頼を出そうか迷っているんですが、ジルベール様さえよければどうです？」

「ふむ……」

なるほど。道案内を頼むならオレたちが金を払うことになるが、護衛依頼なら王都まで行けて、お金まで貰《もら》える。一石二鳥の作戦だ。

「ありがとう、マチュー。その依頼を受けるよ」

「なに、こっちとしても変な同行人に当たってほしくはないですからねぇ」

話が一段落した後は、いつものように食事会だ。

デボラが料理を作ってくれて、それをみんなで食べる。デボラは料理が上手《うま》いのだ。

なんだかこの家に来てからの方が家庭的な温《ぬく》もりを感じることが多いな。オレの家族仲は冷え切っていたからね。それに、アリスも家庭環境に問題があった。

そんなオレたちを温かく支えてくれたのが、マチューとデボラだ。二人には助けられてばかりだな。いつか、オレも二人の助けになることを誓うよ。

数日後。オレは冒険者の衣装でマチューが紹介してくれた王都までの護衛を引き受けるために依頼人と待ち合わせしていた。

場所は大通りに面したカフェテラスだった。こんな所を指定してくるとは。依頼人というのはそれなりの金持ちらしい。これは依頼料を吊り上《つ》げ《あ》てもいいかもしれないな。

まぁ、あまりやりすぎてマチューの顔を潰さないようにしないといけないが。

「もしかして！」

テラス席でのんびりお茶を飲んでいると、興奮した様子の若い男が声をあげて近づいてきた。

依頼人かな？

それにしても、興奮している。もしかして、危ない人だろうか？

男はオレの前に立つと、勢いよく頭を下げた。

「以前助けていただいた方ですよね？　あの時はありがとうございました！　おかげで命を救われました！」

「えーっと……？」

誰だ、こいつ？

オレに感謝していることは間違いないのだが、オレにはまったく身に覚えがない。

「人違いじゃないか？」

「いいえ！　その白い斥候装備！　気味の悪いドクロの仮面！　このセンスのなさはあなた以外ありえません！」

「うぐ……ッ」

こ、こいつ、言ってはならんことを……。そんなにセンスないか？　オレ的にはかっこいいと思うんだが……？

「あっ！　あの時はヘルムを被《かぶ》っていたからわからないんですね。私ですよ、ジョルジュです。メタルスライムに襲われているところを助けてもらった」

「ああっ！　あの時の全身鎧《よろい》のタンクか！」

そういえば、そんなことがあったな。大怪我《おおけが》をしてたから特級ポーションをあげたんだっけ？

あの後、無事にダンジョンを脱出できたようだな。

「そうです！　あの時のタンクです！　ポーションまでいただいたのにロクにお礼も言えず、すみませんでした！」

「いや、いいよ。大怪我していたしな」

「マチューさんの話を聞いて、もしかしたらと思っていたんですが、まさかまたお会いできるとは！依頼を出して正解でした」

「ん？」

どうしてジョルジュがマチューのことを知っているんだ？

それに依頼を出す？

まさか……！

「ジョルジュが今回の依頼人だったのか？」

「はい！」

ジョルジュが清々《すがすが》しい笑みを浮かべて頷いた。

その後、向かいの席を勧めると、ジョルジョが恐縮したように座った。

軽い世間話の後、ふとジョルジュの顔が曇る。

「私はもう冒険者は辞めようかなって」

目の前に座るそれなりに鍛えられた長身の男、ジョルジュが少し寂し気に言った。

「辞めてしまうのか？」

「はい。私のギフトは元々戦闘向きじゃないですし、才能も覚悟もありませんでした。ここでリタイアです。親に決められる人生が嫌で家を飛び出しましたが、今思うと親も私の身を案じてくれていたのだなと……。死にかけた時に浮かんだのは両親の顔でした。これ以上の親不孝はできません」

「そうか。まぁ、ジョルジュがそう決めたのならいいんじゃないか？」

「はい」

ジョルジュは誰かに話を聞いてもらって肯定されたかったのかもしれない。オレが肯定すると、ジョルジュはすっきりした表情で頷いた。

「あっと、すみません。私の身の上話なんてつまらないですよね。それよりも依頼の内容を詰めましょう」

「そうだな。出発だが、家の売却ができるまで少し待ってくれないか？」

「わかりました。急いではいませんので、出発はジャックさんのタイミングでいいですよ。それに、報酬も倍出します」

「いいのか？」

「せめてものお礼ですよ。依頼内容は王都までの護衛。私も冒険者だったので少しは戦えますが、私一人では不安でしたので戦闘は基本お任せします。王都までの日程は少し多く見積もって六日。その間の水や食料は各自で用意しましょう。少し多めに用意するのがいいかもしれません」

そんな感じで依頼内容を確認して、その日はジョルジュと別れた。

まさか、あの時偶然助けた相手に今度は助けられるとはな。情けは人の為《ため》ならずなんて言葉があったが、意外と真理かもしれない。


数日後。

「こここ今回はよろしくお願いしましゅ！」

ガッチガチに緊張したジョルジュが直角になるほど深く頭を下げた。

「ジョルジュ、アリスも困っている。そのへんにしておけ」

「ジルベール様、いや、でも……。なんでこんなことになってるんでしょうね？」

ジョルジュが遠くを見ながら呟《つぶや》いていた。

まぁ、ジョルジュの気持ちもわからなくはないけどね。護衛依頼を出したら男爵令嬢と元侯爵の息子が護衛に就くことになったんだから。自分より身分の高い人に護衛してもらうとか、なかなかない経験だろう。

オレたちは、ジョルジュに自分たちの正体を明かすことを選んだ。初めての遠出で緊張しているのに、正体を隠すことにも注力しないといけないのは辛いと考えたためだ。

それに、マチューからの紹介だし、ジョルジュはオレに恩を感じている。言いふらすようなことはないだろう。

「ジョルジュさん、よろしくお願いしますね」

「もったいないお言葉です！」

ジョルジュがもう一度直角になるほど深く頭を下げた。アリスは困ったような顔でそれを見ている。

「ジョルジュ、もう行くぞ」

「は、はい！」

オレの声に弾《はじ》かれたようにジョルジュが荷馬車の御者席に座る。なんと彼は御者ができるらしい。

この荷馬車は、ジョルジュが用意したものだ。オレとアリスが旅は初めてだと聞いて、ジョルジュは真っ先に荷馬車を用意してくれた。荷物を運ぶのはもちろんだが、幌《ほろ》が付いているので雨でも大丈夫だし、まさに移動するテントみたいなものだ。旅に不慣れなオレとアリスにとって頼もしい味方である。

「え？　あの？　ジルベール様もアリス様も荷馬車の中には入らないので？」

オレとアリスもジョルジュと一緒に御者席に座っていた。

「ああ。ついでに御者の技術を盗もうと思ってな。なにかの役に立つかもしれん」

「わたくしもです。それに、こっちの方が景色がよさそうなので」

「は、はぁ？」

「よし、いいぞ。ジョルジュ、出発だ！」

「は、はい！」

ジョルジュは緊張でガチガチになりながらも馬車を走らせた。

「先ほどから馬に指示を出していないが、それでいいのか？」

「馬は賢いんで、馬に任せておけばいいです。こっちがなにかするのは、分かれ道や休憩の時くらいですね」

「なるほど……」

ジョルジュは、言葉通りに手綱を持っているだけで、特になにかしているわけでもない。案外簡単なのかもしれない。

そのまま馬車はオレールの街を出ると、一面の麦畑の中を走る馬車がすれ違える程度の道を通っていく。この道が交通の大動脈だ。

小麦畑の向こうには草原や森が広がっており、もっと向こうにはまるで世界を区切るように大きくそびえ立つ切り立った山脈が続いている。空気が澄んでいるからか、遠くまで綺麗《きれい》に見えた。

空は青く、高い。絶好の旅日和《びより》と言えた。

オレールの街を出るのは初めてのことだ。

オレは今までずいぶんと狭い世界の中で生きてきたんだなぁ。

石畳だった街中ではそうでもなかったが、街の外に出ると馬車はけっこうガタガタと揺れた。馬車自体の性能が低いからね。仕方ない。

クッションがなければ、きっとお尻が痛くなっていただろう。

「ジョルジュさんも使いますか？」

アリスが手に持っていたクッションを御者のジョルジュに差し出した。

「いいんですか？　ありがとうございます！　家宝にします！」

「もう、大袈裟《おおげさ》ですよ」

オレたちはクッションで揺れを軽減しながら馬車に乗って道を進んでいく。

途中、池や川などがあれば、馬を休ませる。

馬はとにかく水を飲む。汗も相当かくので、専用のへらで馬の汗を拭ってやったり、干し草をやったり、御者の仕事というのは、馬車を操っている時よりも馬車から降りている時の方が忙しそうだ。

だが、ジョルジュは嫌な顔一つせず、まるで子どもの世話をするように馬をかわいがっていた。

無論、オレたちも御者の仕事を覚えるために仕事を手伝った。

「まさか、お貴族様に手伝っていただける日がくるとは思いませんでした」

ジョルジュはそう言いながらも朗らかな笑顔を浮かべていた。だいぶ緊張が抜けてきたな。

夕方。荷馬車を道の傍《かたわ》らに止めると、野営の準備をする。

街灯なんてないからね。夜になると真っ暗になっちゃうから、早めに野営の準備をするらしい。

「荷馬車はアリス様が使ってください！　貴族様を、それも女の子を外で寝かせて自分だけが荷馬車の中で寝るなんて心臓に悪いです！　ショック死します！」

「ジル様、いいのでしょうか？」

「まぁ、ジョルジュがそれでいいならいいんだけどな……」

そんなわけで荷馬車にはアリスが寝てもらって、オレとジョルジュは荷馬車の外で寝ることになった。

「ジルベール様のギフトってすごい便利ですね……」

夕食中、ジョルジュが熱々の串焼きを頬張りながら感慨深く言った。

ジョルジュが食べている串焼きは、オレが収納空間から出したものだ。

旅の食事の準備はオレに任せてもらった。オレはオレールの街の屋台や料理店の料理を大量に収納してきたのだ。

これで旅の間は面倒な炊事をしなくていいし、できたて熱々の料理が食べられる。

我ながらいいことを思い付いたと思うよ。

「ジルベール様のギフトなら、商人たちが放っておきませんよ。がっぽり稼げるはずです」

「そうか？」

「はい。賭けてもいいですよ」

なるほど。たしかに輸送手段や保存技術が貧弱なこの世界では【収納】はかなり有用だな。冒険者として上手く稼げなかったら、商人として働くのもいいかもしれない。

「ジョルジュ、前にも言ったが、オレはもうただの平民だ。様付けしなくていいぞ？」

「そうですが、なかなか踏ん切りがつかなくて……」

「ジル呼びでもいいんだがなぁ」

「畏れ多いですよ！」

なんともバカ丁寧というか、ここまでくると肝が小さいといえなくもないかもしれないな。

「アリス、おかわりはいるかい？」

「いいえ。わたくしはもうお腹《なか》いっぱいです」

「そうか、そうか」

アリスを見ていると、やっぱり最初の印象が残っているのか、お腹いっぱい食べさせてあげたくなるんだよなぁ。

目の前に長い馬車の列が見える。その向かう先は、大きな大きな城門だ。堀に囲まれた城壁がどこまでも続いている。あの壁の向こうに王都があるらしい。

「ジル様、王都ってどんな所かしら？」

「どうだろう？　オレも行ったことないからなぁ」

「ジョルジュは行ったことがある？」

「実は私は王都の生まれでして。とにかく賑《にぎ》やかな所ですよ。それから人が多くて、なにもかもがデカいです」

「楽しそうね！」

アリスは初めての王都にウキウキだ。そんなアリスがかわいくて、つい頭を撫《な》でてしまった。

そうこうしているうちに馬車列は進み、どんどんとその大きな城門が近づいてきた。近くで見ると本当に大きいな。オレールの街の門も立派だったが、その倍ぐらい大きい。さすが王都だな。彫刻などの装飾もされていて、王家の威信を感じる。

「わあ！」

「ほう……」

王都の中に入ると、まず建物の高さに圧倒される。さすがに高層ビルまではいかないが、それでも高い。これもオレールの街では見られなかった光景だな。

そして道幅も広い。馬車が余裕で五台は並んで走れるだろう。そんな道を無数の馬車が行き交い、数えるのも億劫《おっくう》になるほどの人々が歩いている。すごいな。オレールの街もまぁまぁの都会だと思っていたが、上には上があるようだ。

「まずは私の実家に向かいますが、かまいませんか？」

「ああ」

そんなわけで、オレたちは一路ジョルジュの実家へと向かう。

活気のある王都の大通りをずんずん進み、どんどんと王都の奥へ。だんだんと周りの光景が猥雑《わいざつ》な感じから洗練されたものへと変わってきた。歩いている人の服装や、馬車がリッチになっている。

こんな所に実家があるとか、さてはジョルジュくんボンボンだな？

「ここです」

オレの推理を証明するように、荷馬車が止まったのは大通りに面した大きな店の前だった。

店の大きな扉の上には、『アウシュリー』という店名と、糸と針の絵が描いてある。もしかして服飾店だろうか？

「これまで長い間ありがとうございました！　おかげで無事に帰ってこられました」

ジョルジュがオレたちの方を向いて大きく頭を下げた。

まぁ、モンスターや賊に襲われることもなく、護衛の必要もない旅だったが、王都まで荷馬車で道案内してもらえて、なおかつ報酬も貰えるとは。冒険者ってボロい商売かもしれない。

「よかったら、ちょっと寄っていきませんか？　きっと父も母も歓迎しますよ」

やっと実家に帰ってこられたことが嬉《うれ》しいのか、ジョルジュが朗らかな笑みを浮かべていた。

「せっかくの誘いだが、早く王都を見て回りたいんだ」

オレはそわそわしているアリスに苦笑しながらジョルジュの申し出を断った。


その後、オレたちはジョルジュから報酬を受け取り、おすすめの宿屋を聞いて彼と別れた。

「見て見て、ジル様！　お城が見える！」

「そうだねー」

隣を歩くアリスが、キョロキョロと周りを見ながら、お上りさん丸出しで面白い。

アリスが喜んでいると、オレまで嬉しくなるよ。

ジョルジュに教えてもらった宿屋はいいお値段なだけあって清潔でいい感じだった。食事も出るみたいだし、当たりの部類かもしれない。

「はぁー……」

宿の自室で一人ベッドに座って深い溜息を吐く。

やっと王都に着いた。

かなり余裕を持って計画したので、アリスの学園の入学試験までは時間がある。

まぁ入学試験と言っても、実技試験としてちょっとした練習試合をするだけだ。個人の強さを信奉するこの国らしいね。

オレと一緒にダンジョンに潜っているアリスならば、楽に合格できるだろう。そもそもハードルも低いしね。

「学園か……」

悪役モブであるジルベールが学園に入学しない。今のオレはムノー侯爵家の長男でもないし、貴族ですらない。ムノー侯爵家とは無関係な平民だ。

ここまで運命を変えたんだ。この調子で死亡フラグそのものをへし折ってやる！

「俺は生きるぞ！　生きて、自由にダンジョン攻略をしながら、アリスを幸せにするんだ！」


宿で一休みした後、オレはいそいそと宿屋を出て街へと繰り出していた。

目的はダンジョンだ。

この王都にも、ダンジョンが存在する。

本当はアリスも連れていこうと思ったのだけど、長旅の疲れが出てしまったのか寝ているみたいだった。

なので、今回はオレ一人でのダンジョン攻略になる。

人に道を訊《き》くこと数度、オレはようやくダンジョンにたどり着いた。

まるでコロッセオのように丸く壁が築かれたその内部にダンジョンへの入り口があるという。

オレはいつもの白い冒険者の装束に身を包むと、仮面も着けてダンジョンの入り口前に並んでいる冒険者の列に紛れ込んだ。

「さあさ冒険者のみなさん、昼食はとられましたか？　うちのホットドッグはどうだい？　旦那方のイチモツにも負けないぶっといウインナーが自慢だよ！」

「男は肉だ！　串焼きを食ってけ！」

「そこのお姉さん、果物はいかが？　もぎたて新鮮だよ」

道端では冒険者相手に昼食を売る屋台もあり、客引きでやかましい。

どんどんと冒険者がダンジョンの中に呑《の》み込まれていき、ついにオレの番になった。

「冒険者証を見せろ。ペーパー級か。仲間は？　お前一人なのか？　死ぬなよ」

意外にも優しい衛兵に肩を叩《たた》かれて、オレはダンジョンへと潜る。

ダンジョンの外観は、オレールの街にあったダンジョンと同じだ。継ぎ目のない白いピラミッド。ゲームの通りだな。

ダンジョンの中もオレールの街のダンジョンと同じ造りだ。部屋の真ん中によくわからないモニュメントがあり、部屋の奥には第一階層に続く階段が見える。

オレは期待を込めてモニュメントに手を触れると――。

一〇一。

期待通りの数字が目の前に現れた。

やはり、ダンジョンの到達記録は、オレの前世の記録になっている！

さっそく一〇一を押すと、目の前の空間が歪《ゆが》み、眩暈《めまい》のようなものを覚えた。

そして、目を開けると――――ッ！

「おお！　クリア部屋だ！」

そこには黄金に輝く神殿があった。ダンジョンを踏破した者のみが見ることができるすべてが黄金の空間。あまりにも眩《まぶ》しくて目がチカチカする。

オレはもう手慣れたものとして黄金神殿の階段を上っていく。

現れたのは、既に開いている両開きの扉と、まるで闘技場のようにも見える円形のなにもない空間だ。

だが、オレはもう知っている。ここが最後の戦場であると。

「よし、いくか……」

覚悟を決めて黄金神殿の中に入ると、円形の空間の中央からまるで湧き水のように漆黒の粘液が現れる。

これが、ダンジョンの最後の守り手にして、秘宝の番人。影だ。

影はぬぷぬぷと盛り上がると、オレと寸分変わらぬ姿を取った。

ステータスもスキルもなにもかもが一緒のもう一人の自分。それが影だ。

ご丁寧に黒い英知の歯車まで持ってやがる。厄介なことこの上ないね。

オレがファイティングポーズを取ると、まるで鏡写しのように影もファイティングポーズを取った。

こいつを倒さないと、ダンジョンのクリアご褒美が貰えない。

是が非でも倒さないとな。


「ショット！　ショットガン！」

影との戦闘は遠距離攻撃の撃ち合いに終始していた。接近戦になると、〝カット〟での一撃死があるため、互いに警戒しているのだ。

狭い黄金神殿の中をクルクル回るように立ち回りながら、遠距離攻撃で優位を作ろうとする。

しかし、相手の影も【収納】のギフトが使えるのだ。下手《へた》に撃っては、相手の弾数を増やすだけだ。

収納空間を二重に展開し、攻撃と防御を両立させ、相手のミスを待つ。

ぶっちゃけかなり分が悪い勝負だと思う。影に疲労の概念があるかも怪しいしな。

しかし、無闇に突っ込むと〝カット〟で瞬殺だ。影も収納空間の多重展開ができる以上、隙というものがない。

「お互いに打つ手なしだな……」

黄金神殿の中はもう悲惨と言ってもいい。いたるところに鉄球がめり込み、黄金の神殿なのか、黒鉄《くろがね》の神殿なのかわからなくなる有り様だ。

「ぐッ!?」

その時、影がどんな手品を使ったのか、オレの右足に鉄球がヒットした。鉄球は英知の歯車の追加攻撃が乗っており、無属性の魔法ダメージも受ける。まるで体がバラバラに引き裂かれたような痛みだ。

思わずうずくまってしまいそうになるのを耐えて、オレは右足を見た。

「くそっ！」

骨が折れてる。オレは収納空間から特級ポーションを取り出すと、右足に振りかけた。

「なぜだ……？」

しかし、なぜ鉄球がヒットしたんだ？

ちゃんと前面は収納空間で防御を張っている。影の位置も、影が展開した収納空間の位置も把握していた。絶対に右足に当たるわけがない。

だが、実際に右足に鉄球が当たっている。影はいったいどんな手品を使ったんだ？

その後、影の不可思議な攻撃手段を警戒するが、オレの守りを突破してくる鉄球はなかった。

お互いに隙を窺《うかが》いつつ遠距離攻撃をしながらクルクルと神殿の中を回《めぐ》り相対する。

キンッ！

その時、視界の端でなにかが弾けた。鉄球だ。鉄球が床にめり込んでいた鉄球に弾かれてその軌道を変えたのだ。

「これか……！」

その瞬間、オレは閃《ひらめ》いてしまった。

黄金というのは比較的柔らかい金属らしい。そこに鉄球をぶつけると、鉄球が黄金にめり込む。

だが、めり込んだ鉄球に鉄球を当てると……？

鉄球は弾かれて、その軌道を変える。

「これしかないか……」

オレは覚悟を決めると、影に向かって走り出した。

鉄球の表面は平らではない。その場合どこに飛んでいくのかわからない。それでは意味がない。だから、なるべく近づいてぶっ放す必要がある。

収納空間の射程は、オレの手の先から約一メートル。なら、手の長さを足しても二メートルにはならないくらい。ならば、そこまでなら接近できる！

突然向かってきたオレに影は動揺することもなく〝ショットガン〟で応えた。いいね。弾数が増える。もっと欲しいくらいだ。

影の〝ショットガン〟を収納空間で収納し、オレは角度を計算して収納空間を展開する。物体が跳ね返る時、その入射角と反射角はほぼ等しい。鉄球の表面は歪な球状だから上手くいくかはわからないが、四の五の言っていられない。

影の収納空間がオレを〝カット〟しようと迫る。

だが、オレの方が速い！

「ダブルショットガン！」

〝ショットガン〟を撃った後に、すぐに〝ショットガン〟を撃つ。後先考えない全弾投入だ。

一発目の〝ショットガン〟によって、前方の黄金の床が黒一色に変わる。一面に鉄球がめり込んだ証《あかし》だ。

そして、二発目の〝ショットガン〟の鉄球は、一発目に撃った〝ショットガン〟の鉄球によって弾かれる！

ガキャンッ!!

すさまじい金属音を響かせて、弾かれた鉄球が影の防御を迂回《うかい》して、影に突き刺さった。

そして目の前で展開されるのは、無数の鉄球によって蹂躙《じゅうりん》される影の姿だった。

しかも、その鉄球にはすべて英知の歯車の効果で無属性の魔法攻撃が乗っている。

影はまるで車に撥《は》ねられたように宙に浮かぶと、ボフンッと白い煙となって消えた。

「やった……！」

たぶん跳弾のことに気付けなかったら、最後は賭けのような勝負になっていただろう。

ボコボコになった黄金の部屋を見渡すと、その中央に宝箱が出現していた。

オレはウキウキした気持ちを隠し切れず、スキップしながら宝箱に近づいていく。

さっそく宝箱を開けると、目の前にSF映画のようにウィンドウが現れた。ウィンドウを見ると、クリア報酬である装備の名前がずらりと並んでいる。この中から選ぶ感じかな？

「さて……」

どうしたものかな？

候補は二つ。攻撃するたびにHP吸収能力のあるブラッディ装備か、攻撃するたびにMP吸収能力のある白虎《びゃっこ》装備かだ。

ブラッディ装備なら、持久力が上がる。パーティメンバーがアリスしかいない今、オレがモンスターと直接対峙《たいじ》することが多い。正直、今一番魅力的な装備だ。

そしてもう一つの候補である白虎装備は、瞬間火力が激増する。正直、将来的には白虎装備の方が強い。オレは【収納】でもＭＰを使うから、こちらも欲しい。

今を優先するか、将来を優先するか。

見た目だけで選ぶなら、ブラッディ一択なんだがなぁ……。

「決めた！」

白虎装備にしよう。たしかにブラッディ装備の持久力アップには惹《ひ》かれるものがあるが、白虎装備の瞬間火力は見逃せない。

目の前に浮いたウィンドウの白虎装備の欄をポチッと押すと、宝箱の中に白と黒の縞々《しましま》の装備が現れた。

これが白虎装備か。できるなら女の子に着せたい装備なんだけど……。仕方ない。

オレは白虎装備を収納空間に収納すると、黄金の神殿を後にした。


宿屋に戻ると、オレはさっそくアリスの部屋に向かった。ノックをすると、すぐにドアが開き、

「ジル様、どこに行っていたんですか？」

現れたアリスは腰に手を当てて少しご立腹の様子だった。

「ちょっと王都を見物してたね」

「ずるいです！　わたくしも王都を見て回りたかったのに！」

「じゃあ、アリスも一緒に行く？　足りないものとかあるかもしれないからね」

「はい！」

そんなこんなで、オレはアリスと一緒に街へと飛び出した。

王都の中は綺麗に石畳が敷かれ、カツカツと靴底が石畳を叩くいくつもの音や、馬車が行き交う音がひっきりなしに聞こえてくる。それにも増して聞こえてくるのは、店の呼び込みに叫ぶ人々や、無数の人々の話し声だ。王都はオレールの街よりも活気がある。

行き交う人々もカラフルな服装で、おしゃれさんが多い気がした。まさに都会って感じだ。この光景を見ちゃうと、賑わっていたオレールの街も地方都市だったんだなと思わされる。

建物も高い。王都には人がいっぱいいるためか、それとも建築技術が高いからか、背の高い建物が多い。さすがに前世の高層ビルには負けるが、四角く区切られた狭い空には、なんだか懐かしさを覚えた。

「本当に人がいっぱいいますのね。オレールの街でも驚きましたけど、王都はそれ以上です」

「さすが王都だよね。そういえば、アリスは授業に必要なものはすべてそろってる？」

「一応そろえてはきましたけど……」

「どうしたの？」

「あー、う～……」

アリスはなぜか言いづらそうにしていた。それどころか、アリスの顔が少しずつ赤くなっていく。

その空のような瞳も潤んで、目じりには涙まで浮かんでいる始末だ。

悩んだ挙句、アリスが口元で、手でメガホンを作ってみせた。

あまり周りの人間には聞かれたくない内容らしい。

オレはアリスに耳を貸すと、アリスが今にも消え入りそうな震えた声で囁《ささや》く。

「その、下着が少ないんです……」

「え？」

「ですから、あーもー。し、下着です」

予想外の答えに、オレはアリスの顔をまじまじと見てしまった。

「そんなに見ないでください……。わたくしだって恥ずかしいんです……」

「ご、ごめん……」

まさか下着ときたか……。女性用の下着ってどこに売ってるんだ？

しかもただの下着じゃない。貴族の女の子が着けていてもおかしくない下着だ。

「切羽詰まってる感じ？」

「まだ一応予備はありますけど……数は心許《こころもと》ないです」

「なるほど……」

どうしたものかと考えていると、ある一つの店を思い出した。ジョルジュの実家だ。あそこはたぶん服飾店。しかも、店の外観から女性的な感じがした。そこで売っているならよし、もし売ってなくても、別の店を紹介してくれるだろう。

「アリス、ジョルジュの実家に行ってみよう」

「はい……」

アリスを連れて服飾店『アウシュリー』に入ると、綺麗なドレスを着た多くのマネキンと、きっちりとお仕着せを着た多くの女性店員が出迎えてくれた。見本なのだろう、美しい色合いの布も多く展示されており、パッと見で高級店とわかった。

ジョルジュ、お前やはり王都の高級店のボンボンだったんだな。

ここで売っていればいいんだが……。

「いらっしゃいませ。あら……？」

女性店員が不思議そうな顔でオレたちを見ていた。

「ここは女性用の服飾店で間違いないか？」

「はい。左様でございます」

「アリス、ここで頼んでみたらどうだ？」

「はい。あの……。下着が欲しいのですけど、売っていますか？」

「はい。当店は下着からドレスまで、オーダーメイドを承っております」

「オーダーメイド……」

アリスが不安そうな顔でオレをチラチラ見ていた。

「では、この子の下着を……そうだな、五セット頼もう。アリス、それで足りる？」

アリスはオレを見てコクコクと頷いた。決まりだな。

「では、お嬢様はこちらへどうぞ。採寸いたします」

「ジ、ジル様……」

「行ってらっしゃい、アリス。オレはここで待ってるよ」

アリスは店員の案内で奥へと通されていった。

さて、どうやって時間を潰そうかと考えていると、女性の店員が近づいてきた。

「お部屋を用意いたします。どうぞそちらでお待ちください」

「ありがとう」


さすが、高級店だけあって貴族の扱いになれているのか、サービスはよかった。高級そうな部屋だし、なにも言わなくてもお茶とお菓子が出てくるし、お世話係兼話し相手として女性店員も付いてきた。

「やっぱりジルベール様でしたか」

「ジョルジュ？」

女性店員と話していると、旅装束から立派な服に着替えたジョルジュがやってきた。ジョルジュの後ろには、一組の男女が立っている。ジョルジュの両親かな？

「来ているなら言ってくださいよ」

「すまん、すまん。親子水入らずの時間を過ごしてもらいたくってな。そちらの方は？」

「ご紹介します。私の両親です」

「初めまして、ジルベール様。このたびは愚息の命を助けていただいたと聞いております。ありがとうございます。今、ご注文いただいている服は、わたくしどもからお贈りさせていただきます」

「いいのですか？」

「ほんのお礼ですわ。息子の命を救っていただいた命の恩人ですもの。これからも遠慮せずいらしてくださいね」

ジョルジュの父と母が深く頭を下げて口々にお礼を言った。

まぁ、最初は助けるつもりはあまりなかったし、結果的に助けることになっただけだけど、なんだか温かい気持ちだ。人助けもたまにはいいね。


ジョルジュたちを交えていろいろな話をして、かなりの時間が経《た》った頃、やっとアリスの採寸が終わった。採寸だけでなんでこんなに時間がかかるんだと思ったのだが、下着やプレゼントで贈られる服のデザインなんかも決めていたらしい。アリスとしても初めてのことだろうし、余計に時間がかかったのだろう。

「ありがとう。感謝するよ」

「こちらこそ、ありがとうございました」

店を出る頃には、もう空が赤く染まっていた。

店を出ると、無骨な雰囲気の男が付いてくる。店がオレたちを心配して護衛を付けてくれたのだ。やはり高級店。サービスが行き届いているな。

服飾店『アウシュリー』か。その名前、覚えたぞ。

数日後。オレはアリスと一緒に学園へと足を運んでいた。

今日はアリスがこれから通う予定の学園の見学に来たのだ。これならアリスの関係者としてオレも学園に入ることができる。学園は全寮制だからね。これからアリスが三年間も通う場所だ。徹底的に調べたい。

そして、もう一つ目的がある。それは、学園の錬金術師の先生とアリスを会わせることだ。

今まで本などで独学で勉強してきたアリスだが、先生がいた方がいいだろう。

アリスはちょっと人見知りなところがあるからね。オレがちゃんとサポートしないと。

学園は城のすぐ近くにあった。貴族の通う学校だからか、門には衛兵が立っていて全体的に豪華な造りで、まるで博物館みたいだ。

そして、初めて来た場所だが、既視感もあった。背景やイベントスチルで見た場所だからだろう。

ついにオレはゲームのスタート地点に来たんだなぁ……。なんだか感慨深い。

ゲームの展開通りに進めば、オレの命はあと三年か。この間になにを為《な》せるかがオレの生存ルートには必要だな。

「すごい所ですね、ジル様」

「ああ」

隣を歩くアリスがキョロキョロと学園を見渡している。そんな姿も小動物みたいでかわいらしい。

「ちょっと見て回ろうか」

「はい！」

アリスを連れて学園の中を回っていると、中庭で一人の女生徒を発見した。

豊かな金髪をドリルみたいな縦ロールにした少女だ。細身の片手剣を構え、集中している。

「はあ！」

少女が片手剣を横に薙《な》いだ。

たったそれだけの動きで、少女の練度の高さが窺《うかが》えた。断言しよう。あの少女は強い。少女の縦ロールの金髪がふわりと揺れる。

「あれは……」

あの特徴的な髪形は……。まさか、エグランティーヌか？

エグランティーヌは、【聖騎士】のギフトを持つこの国の王女だ。

【聖騎士】のギフトは物理防御力や魔法防御力、状態異常耐性が大きく成長し、さらには回復魔法まで使える最優のギフトと呼び声が高い。

そんなギフトを持つエグランティーヌは、巷《ちまた》では姫騎士と呼ばれ、将来を期待されている。

もちろんゲームでもメインキャラとして登場し、心強い味方となってくれる。

だが、オレにとってはそんなことよりも重要なことがある。それは――――。

「ジル様？」

アリスがオレを不思議そうな顔で見上げていた。

オレはなぜだか謎の罪悪感が込み上げてきた。

その時、エグランティーヌがオレの視線に気が付いたようにこちらを振り向いた。

そして、驚いたような顔でオレを見ている。

マズい。バレた。

「アリス、そろそろ行こう」

「え？　はい」

オレはアリスの手を握ると、目的地である錬金工房へと急ぐのだった。

「わあー！」

学園の錬金工房を見たアリスの歓声があがった。

さすが、学園の施設だな。ムノー侯爵家に作ったアリスのアトリエよりもかなり設備が充実している。

「あら？　あなたたちは新入生かしら？」

「ん？」

声の方を振り向けば、そこには細身の姿があった。エルフの少女だ。だが、服装がいかにも研究者という白衣姿で制服ではない。見覚えがあるな。たしか錬金術の先生だ。名前は……。

「私はカチェリーナ。この学園の錬金術の教師よ。あなたたちは錬金術に興味があるの？」

「オレはジルベール。ただの付き添いです。この子が錬金術師なんだ」

「わととっ。えっと……」

オレの後ろに隠れていたアリスの肩を摑《つか》んでカチェリーナの前に出した。

「そうなの？　あなた、お名前は？」

「えっと、アリス……アリス・エローです」

「そう。よろしくね、アリス」

「は、はい……」

アリス、さっそく人見知りを発動しているな。ここはオレが助け舟を出そう。

「アリスは今まで師を持たずに独学で錬金術を勉強していたんだ。カチェリーナ先生、あなたにアリスを導いていただけると、オレは安心できるんだが、可能ですか？」

「なるほどね。アリス、あなたはなにが作れるの？　今挑戦しているものは何？」

「えっと、今挑戦しているのは、高級ポーションです……。いつか、人工精霊を造ってみたくて……」

「へー、優秀なのね。優秀な錬金術師はいつでも大歓迎よ。錬金術師は人気がないのか、ここを訪れる人間も稀《まれ》だわ」

カチェリーナが困ったように肩をすくめてみせる。美形なエルフだからか、そんな姿がとにかく様になっていた。

「今年も錬金術師志望者はゼロかと拗《す》ねていたところだったの。アリスが来てくれて本当によかった。また学園長に嫌味《いやみ》を言われなくて済むわ」

ゲームしてる時も思ったけど、なんだかあっけらかんとした先生だな。まぁ、接しやすくていいか。

「私ったら、話すのに夢中になってしまったわね。今、お茶とお菓子を用意させるわ。よかったらジルベールも食べていって」

「ご相伴に与《あずか》ります」

アリスと一緒にカチェリーナのお茶をご馳走《ちそう》になる。お茶はハーブティーだった。お菓子も素朴《そぼく》なクッキーのようなもので気軽に食べられるな。

「ジルベールはアリスの付き添いなのよね？　あなたたちってもしかして婚約者同士なの？」

「そうです」

「はい」

「やっぱり！　人間は寿命が短いからなにかとせかせかしてて大変ね。私は百五十年くらい生きてるけど、まだそんな話ないから少し羨ましいわ。アリスも素敵な彼氏でよかったわね？」

「はい！」

そんなに勢いよく頷かれるとなんだか照れてしまうな……。

「それで、どこまで話したかしら？　そうそう。たしかアリスは高級ポーションに挑戦しているのよね？　なにか問題はある？　こんな見た目でも、私は先生だからね。なにか困ったことがあったらいつでも聞いてくれていいから。それに、この工房も自由に使っていいわよ。ここにある素材も一部を除いて自由に使ってくれていいわ」

「ありがとうございます……」

「ふふっ。緊張しないで。あとで素材と工房の設備について説明してあげるから」

どうやらカチェリーナはアリスの実家の悪評を知らないのか、知らないフリをしてくれているのか、アリスにとてもいい感じに接してくれている。

ちょっと心配だったが、カチェリーナにならアリスを預けても大丈夫だろう。

そのあと、専門的な話を始めてしまったアリスとカチェリーナと別れて、オレは錬金工房を後にした。

気兼ねなく接してくれる気安さからか、アリスもカチェリーナのことを受け入れ始めていたし、たぶん大丈夫だろう。

まぁ、オレが錬金工房を出ていく時は、まるで捨てられた子犬のような顔をしていたが……。そんなアリスもかわいらしい！　少し心が痛んだが、これもアリスのためなんだ。レアなアリスの姿が見られてラッキーだったな！

「ジルベール様」

「ん？」

後ろを振り返ると、見覚えのない少女が立っていた。制服姿だから生徒だろう。

「なにか？」

「エグランティーヌ様がお呼びです。ご同行願います」

「ああ……」

エグランティーヌが？

マズいな。やっぱりバレていたらしい。王族に呼ばれた以上、素直に従うしかないな……。

それにしても、エグランティーヌがまだジルベールのことを覚えているのは意外だった。

穏便に話が終わってくれればいいのだが……。

女子生徒に付いていった先には、王族専用の離宮があった。部屋の中に入ると、エグランティーヌを中心に五人ほどの女子生徒たちの姿があった。エグランティーヌの従者ってところか？

「エグランティーヌ様、ジルベール様をお連れしました」

「ありがとう」

オレは部屋に入るとすぐにひざまずく。

「このジルベール、お呼びと聞き馳《は》せ参《さん》じました」

「……ジルベール、ここは公式な場ではありません。そのようなマネは不要です」

「かしこまりました」

顔を上げると、顔を少し歪めたエグランティーヌの姿があった。王族として厳しく躾《しつ》けられているエグランティーヌが感情を表に出すのは珍しいな。まるで子どもの頃に戻ったみたいだ。

「みなさん、少しだけ下がっていてください」

「ですが姫様、姫様を殿方と二人にするわけには……」

「少しだけでいいのです。おねがいします」

「……かしこまりました」

エグランティーヌはなにを考えているのか、お付きの少女たちを下げてしまった。

部屋にはオレとエグランティーヌだけになる。

「ジル、立ってください……」

「はっ」

「……もうあの時のようにわたくしをバラとは呼んでくれないの？」

なにを言い出すかと思えば……。

「私はもうムノー侯爵家の跡取りでもなければ、侯爵家の人間でもありません。それどころか貴族ですらない。当然ですが、もうエグランティーヌ様の婚約者でもありません。そのようなマネは許されません」

オレとエグランティーヌは、かつて婚約者同士だった。オレがまだ次期侯爵として期待されていた頃の、ギフトが判明する前の話だ。五歳の時に婚約したから、丸々五年エグランティーヌの婚約者だった計算になるな。

「わたくしは！　わたくしは……。幼い頃からあなたと結婚すると思っていたのです……。それが急に婚約者があなたの弟のアンベールに代わって……。あの幼い頃の約束は、この二年でなくなってしまったというのですか!?」

たしかに、オレはエグランティーヌと将来を約束した。しかし、それはもう果たせない約束だ。

「あなたを五年も想《おも》ってきたのです……。たった二年で、はいそうですかと忘れられるわけがありません……」

きっとエグランティーヌは、愛情深い少女なのだろう。そして、たぶん初恋相手がオレなのだ。それが、いつの間にか婚約者がアンベールに代わってしまった。この二年間、彼女はどんな思いで過ごしてきたのだろう。

「今の私は、なんの力も持たない名もないただの平民にすぎません……。それがすべてです」

エグランティーヌには同情するが、オレたちを結んでいた糸は切られてしまったのだ。もう結び直すことなどできない。

「もうお互いに忘れましょう。私たちの間に未来などありません……」

「あぁあああああああああああああぁぁぁぁぁああああああああ！」

エグランティーヌは、泣き伏せてしまった。オレが泣かせてしまった。

「姫様！」

「姫様!?」

エグランティーヌの泣き声が聞こえたのだろう。お付きの少女たちが慌てて入ってきて、オレを睨《にら》みつけてくる。

「ジルベール、姫様になにをしたのですか!?」

「ち、ちが、違います。ジルは悪くはないのです。悪いのは、わたくしの弱い心なのです……」

「姫様……」

「エグランティーヌ様、御前、失礼いたします」

「あ、ジル……」

オレは頭を下げると、踵《きびす》を返して離宮を後にした。

エグランティーヌ。彼女は純情すぎる。そんな少女を泣かせてしまったことに罪悪感を覚えるが、

オレとエグランティーヌが結ばれる可能性はゼロなのだ。期待を持たせる方が悪だ。

それに、オレにはもうアリスという立派な婚約者がいる。浮気など許されない。

「エグランティーヌ、さようなら。たぶん、初恋だった……」

そっと呟いて、エグランティーヌのことを忘れるように努めた。

しかし、アンベールと婚約しているエグランティーヌだが、このままいくと、そのアンベールとの婚約も破棄されることになる。

大人たちの政治的な事情に翻弄されるエグランティーヌが憐《あわ》れでならなかった。


その日の午後。

宿の部屋で休んでいると、ノックの音が飛び込んできた。アリスかな？

さっき別れたばかりなのに、もうオレに会いたくなってしまったのだろうか？

オレもアリスにいつでも会いたいよ！

「アリ――――」

喜び勇んでドアを開けると、アリスとは似ても似つかない男が立っていた。

あれ？　アリスどこ？

「ジルベール様ですね？　いきなりの訪問、お許しください。実はジルベール様にお手紙が届いていまして……」

「ああ」

よく見れば、男は宿の従業員のようだ。それで手紙を届けてくれたのか。

だが、オレには手紙を送ってくる知り合いなんていないぞ？

「まさか……」

エグランティーヌからだろうか？

エグランティーヌにも言ったが、オレとエグランティーヌが結ばれる未来なんてない。変な期待を持たせないように話したつもりだったんだが……。まさか、伝わらなかったのだろうか？

「ありがとう」

オレは重たい気持ちで手紙を受け取ると、その封蠟《ふうろう》を見てさらに苦い気持ちがプラスされた。

「ムノー侯爵家からかぁ……」

今さら何の用だろう？

見たくもないが、見ないわけにもいかない。

オレはドアを閉めると、封蠟を割って封筒から手紙を取り出した。

「ふむ……」

そこには時候の挨拶などもなく、ただオレへの罵倒とオレールの街に戻るようにと命令だけが書かれていた。

「なんだかすごい上から目線だなぁ……」

オレ、やっぱりフレデリクのこと嫌いだわ。なんでここまで上から目線になれるの？

「あれか？　オレが平民になるのを嫌がらなかったから、自分の命令は無条件で聞くとでも思ってるのか？」

それとも、平民だから命令し放題とか思ってるんだろうか？

「バカバカしい」

いずれにせよ、そんな命令を聞くわけないじゃないか。

オレは手紙を握り潰すと、屑籠《くずかご》に捨てるのだった。


「ジルベールが逃げた？」

「そうだ。もう数日前のことになる。デボラというメイドを痛めつけたら、時間はかかったがやっと吐きおった。ジルベールは今頃王都で羽でも伸ばしていることだろう」

私、アンベールは、夕食の席で父上からジルベールの逃亡を聞かされていた。

父上は憎々しげにテーブルを叩き、ご立腹の様子だった。

ジルベールが王都に……。まさか！

「エグランティーヌでも頼るつもりでしょうか？」

私の言葉を否定するように父上が首を横に振る。

「無駄だ。たとえ王家でも我が家のことに口を出させるつもりはない」

さすが父上だ。王家でさえもムノー侯爵家には気を遣わなければならないとは。頼もしい限りだ。

「なにかに役立つかと生かしておけば、余計なことをしおって」

「…………」

やはり父上はジルベールを再利用するつもりがあるのかもしれない。今度は私を捨て、ジルベールを嫡子にする。可能性がないわけじゃない。

嫌だ！　また予備に、一生日陰者なんてまっぴらだ！

それもこれもジルベールが私に二勝したことが原因だろう。あの時まではすべてが上手くいっていたのに、あれですべてが狂ってしまった。

今では兵士や民草の中にもジルベールを嫡子にと望む声があると聞く。

無知蒙昧《むちもうまい》な輩《やから》め。やはり、私自身がジルベールに勝利し、そんな声を否定する必要があるか。

その際にジルベールを殺してしまえば、もう思い悩むこともなくなるだろう。

「くふふっ」

やっと、やっとだ。やっとジルベールを殺すことができる。だが、ジルベールは卑怯《ひきょう》な奴だ。どんな手を使ってくるかわからない。ここは私も手段を選ばずに殺すべきだな。

ジルベールを殺すための策が無数に思い浮かぶ。

さて、どうするか……。どうしてやろうか……。

■第八章　新たな発見とアリスとの

「ジル様は知っていますか？　今年の新入生には、すごいギフトの持ち主がいるんですって」

翌日。アリスと一緒に朝食を食べている時だった。アリスは錬金術師の先生から聞いたという噂《うわさ》話《ばなし》をしてくれた。

「すごいギフト？　エグランティーヌ殿下とか？」

オレはすぐにでもアリスの話の続きを聞きたい欲求に駆られつつも、すっとぼけておく。

「エグランティーヌ様ももちろんすごいですけど、どうやら平民の方が学園に入学することを許されたようですよ。なんでもとても珍しい【勇者】というギフトらしいです」

「へー」

間違いない。ゲーム主人公のことだ！

【勇者】のギフトは、すべての技術習得にボーナスが付くギフトだ。だから『レジェンド・ヒーロー』のプレイヤーは、なんにでもなれた。戦士にもなれるし、魔法使いにもなれるし、王様や王妃にもなれた。

さて、主人公はどういう選択をするんだろう？

主人公が必殺技を覚えてオレを殺すような未来は回避したいが……。

ゲームの展開とは違い、オレは学園には通わない。

それだけでずいぶん違うと思うし、オレはゲームのジルベールのように悪に堕《お》ちたりしないつもりだ。

悪縁は排除していきたい。

生き残ってやるぞ。絶対に生き残ってやる！

……そういえば、主人公って男と女どっちだろうな？


それから一週間後。

オレたちは入学準備や訓練に追われてバタバタしていた。

そして、今日が入学試験の当日だ。

「アリス、そんなに緊張しないで。肩の力を抜いて」

「はい……」

泊まっている宿屋の食堂。オレはテーブルの向かいに座るガチガチに緊張したアリスに声をかける。

アリスは表情も硬く、たまに体がぷるぷると震えている。唇も血の気を失って紫色になっている。

かわいそうに。なんだか寒さに震えているようだ。

「アリス、キミならきっと大丈夫さ。ほら、深呼吸してみよう。はい、吸ってー、吐いてー。リラックス、リラックスー」

アリスがオレの言葉に従って深呼吸している。これで少しは緊張が解《ほぐ》れるといいけど……。

実は、オレはアリスの入学試験はそこまで心配していない。

アリスはまだ自分の実力がわかっていないみたいだけど、今のアリスに勝てる受験者を探す方が難しいだろう。

なにせ、アリスはオレールの街のダンジョンを第二十階層まで踏破したからね。

まだまだ低レベルだけど、それなりにレベルも上がっているはずだ。

アリスの肉体レベルは、そこいらの前衛にも負けないほどレベルアップしているのである。

それに、この一週間でアリスには杖《つえ》を使った棒術を叩《たた》き込《こ》んだ。

比べるのも悪いが、ジョルジュよりもよっぽど強いだろう。

入学試験はなぜかトーナメント戦らしいが、優勝する可能性だってあると思う。ライバルになりそうなのは、それこそ片手で数えられるくらいだろう。

「いってらっしゃい、アリス。がんばってね」

「はい……」

アリスを励ましながらの朝食も終わり、学園の門までアリスを送った。

アリスに向かって手を振ると、緊張した面持ちのアリスが右手と右足を同時に出しながら歩き出す。

「大丈夫かな……?」

ギクシャクと歩いていくアリスの様子を見て、ちょっとだけ心配になるのだった。


「やってきたぜ、ダンジョン！」

アリスを入学試験に送り出したオレは、宿で冒険者の装備に着替え、王都のダンジョンに来ていた。今は第一階層だ。

ダンジョンの中は幅広の白い回廊が続く迷宮になっている。

見た目はオレールのダンジョンとあまり変わらないが、出てくるモンスターの種類が違えば、ドロップアイテムも違う。

この王都のダンジョンでしかポップしないモンスターや、ここでしか手に入らないアイテムもあるので楽しみだ。

王都のダンジョンはこれで二度目。

第一〇一階層の黄金神殿で白虎《びゃっこ》装備を取って以来だな。

その白虎装備を今着ているのだが、猫耳と猫尻尾《しっぽ》が付いたかわいらしい装備でちょっと恥ずかしい。

でも、こんな見た目でも最強装備の一角なのだ。装備しない理由はない。

「第一階層はレベル上げも効率悪いし、ドロップアイテムも渋い。さっさと抜けて次の階層に行くか」

そんなわけで第一階層から攻略することにしたオレは駆け足で次々と階層を攻略していく。すべてのモンスターをワンパンで倒せるし、ドロップアイテムも大したものが出ないからな。

そうして第十階層まで一気に攻略した。ボスドロップ品はハズレだったな。まぁ、これでも売れば多少の金になるだろう。

見つけたレアポップモンスターはゼロ。やっぱりそんな簡単には出くわさないみたいだ。

だが、塵《ちり》も積もれば山となるというやつだろうか。新しい技を覚えた。

その名も『ソニックブロー』。ゲームでは、あまりにも速い拳はソニックブームを生むとフレーバーテキストがあり、風属性の魔法ダメージの追加攻撃のあった技だ。

ちなみに、英知の歯車を装備していると、打撃と風属性魔法ダメージの両方に無属性魔法ダメージが乗るという極悪仕様だった。

『ソニックブロー』を覚えたということは、オレの格闘スキルもかなり上がってきたな。いい感じだ。

「ん？　あれは……」

最後にしようと第十一階層を駆け足で攻略していると、珍しいモンスターを見つけた。

そいつは鉄製の武器を持ったゴブリンたちに守られるようにそこにいた。小柄なゴブリンの中では頭一つ大きく、ねじくれた杖を持ったゴブリンだ。

ゴブリンメイジ。魔法を使う珍しいゴブリンである。ゲームではレアポップモンスターほどではないが、出現率の低いモンスターだった。

魔法の威力は強力だ。出会ってしまうなんて運が悪い。

〝ショット〟で片付けちゃおうかな？

「待てよ……？」

その時、オレに天啓とも言うべき閃《ひらめ》きが降りてきた。

「そういえば、魔法って収納できるのか？」

思い付いたのならやってみるしかない！

オレは〝ショット〟で取り巻きのゴブリンをサクッと倒すと、両手を広げてゴブリンメイジに存在をアピールする。

「へいへーい！」

ゴブリンメイジは、取り巻きが一瞬にして倒されたにもかかわらず、怯《おび》えた様子もなく杖を祈禱《きとう》するようにブンブン振って魔法を発動した。

迫りくるゴブリンメイジのファイアランス。

それを受け止めるように収納空間を広げ、オレは失敗した時のことを考えてサイドステップで回避する。

結果は――――！

「おぉー！」

ゴブリンメイジのファイアランスは、見事に収納空間に収納された。

まさか魔法も収納できるとは。やはり【収納】のギフトは底が知れない。オレの発想次第でいくらでも化けるような気がした。

しかも、収納した魔法は任意で発射できるようだ。これは魔法を集めるしかないな！

「へいへーい！　ピッチャービビってるー？」

オレはゴブリンメイジを煽《あお》りに煽り、どんどんと魔法を収納していく。

しかし、ファイアランスを十二発、ファイアボールを三発収納した後、突然ゴブリンメイジが杖を振りかぶって走ってきた。

「まさか、もうＭＰ切れかよ！」

モンスターだから無限にＭＰがあるのかと思ったが、そんなことはなかったらしい。

残念な気持ちを抱えながら、オレは走ってきたゴブリンメイジにカウンター気味にストレートを放ち、一発で倒した。

「これからは魔法の収納もしていかないとな！」

さらに強くなった気持ちのいい実感を得て、オレは気分よくダンジョンを駆けていくのだった。


わたくし、アリス・エローは学園の闘技場の舞台に上がります。

予想外に勝ち進んでしまって決勝戦です。大勢の生徒たちに見られて緊張してしまいます……。

わたくしのお相手はエグランティーヌ様。この国の王女様にして、ジル様の元婚約者で、今はあのアンベール様の婚約者です。

ジル様と婚約していたという部分にモヤモヤしますけど、今はわたくしがジル様の婚約者ですもの。気持ちで負けてはいけませんよ、アリス。

大きな歓声が沸き上がって、わたくしの前方からエグランティーヌ様が姿を現しました。盾と剣を持ったエグランティーヌ様のお姿は、とても凛々《りり》しいものでした。

それだけじゃありません。エグランティーヌ様のお姿がだんだんと近づいてくると、そのハッとするような美しさに気が付きます。

お綺麗《きれい》な方……。

「あなたがアリス・エローさんね？」

女のわたくしでも見惚《みと》れてしまうような美しさに目を奪われていると、エグランティーヌ様に声をかけられました。

「はい……」

気持ちでは負けないつもりでしたけど、やっぱりその美しさと王族の威光に頭《こうべ》を垂れてしまいそうになります。

「わたくしはあなたが羨ましい……」

「え……っ!?」

王女様であるエグランティーヌ様が、ただの男爵家の娘であるわたくしのことが羨ましい？

冗談かと思いましたけど、エグランティーヌ様は今にも泣きそうな、悲しそうな笑みを浮かべていました。

「そ、それってどういう……？」

「さあ。審判の方、始めてください」

「はっ！　両者準備はよろしいですか？」

エグランティーヌ様は、わたくしの質問には答えてくださいませんでした。

ですが、女の勘とでもいうべきものが、わたくしに一つの答えを知らせます。

木っ端貴族の娘であるわたくしにあって、エグランティーヌ様にないもの。それはジル様に他なりません。

まさか、エグランティーヌ様はまだジル様のことを想《おも》って……!?

で、ですが、これもわたくしの動揺を狙ったエグランティーヌ様の話術という可能性も……。しかし、先ほど見た泣きそうな笑みを浮かべたエグランティーヌ様の表情はどう見ても偽っているようには思えませんでした。

その後、わたくしはいいところなく負けてしまいました……。

「あ、帰ってきた！」

ダンジョンから帰ってきたオレは、急いで宿で着替えて、学園の正門でアリスを待っていた。

どうやら馬車で迎えに来るのが普通なのか、どんどんと馬車が学園内に入っていく中、馬車を避けるようにトボトボ歩いているアリスを発見した。

「おかえり、アリス。どうだった？」

「ジル様……」

「どうしたの？」

「いいえ、なんでもないんです……。ただちょっと、疲れてしまったのかもしれません……」

「そうか？　念のため、救護室でも行くか？」

「そこまででは……。ただ少しだけ、こうさせてください」

アリスがオレの胸の中へ倒れ込んできた。

「大丈夫か？」

「はい……」

それからしばらくして、アリスはオレから離れるといつもの笑みを浮かべてみせた。もう大丈夫なんだろうか？

「入学試験はどうだった？　まさかだけど……」

「入学試験はクリアできました。でも、最後の最後にエグランティーヌ様に負けてしまって……」

「エグランティーヌ殿下か……」

そういえば、エグランティーヌも同い年だったね。そうか、エグランティーヌに負けたのか……。

エグランティーヌのギフトは【聖騎士】。

状態異常に対して高い耐性があるからなぁ。主にデバフアイテムを使うアリスには相性が悪い相手だ。勝てないのも仕方ないか。

「でも最後ってことは決勝まで残ったんでしょ？」

「はい……」

「それはすごいことだよ。さすがアリスだ。オレの自慢だよ。そうだ！　これからお祝いをしよう！」

「お祝い、ですか？」

「そうだよ。入学試験で準優勝なんてすごいじゃないか！」

「でも……」

オレを見上げるアリスの顔が曇る。

「なにか気になることでもあるの？」

「わたくし、エグランティーヌ様に負けてしまったんです……。だから……」

アリスはそう言って顔を伏せてしまう。

もしかして、アリスはオレとエグランティーヌが婚約関係だったことを知っているのだろうか？

それでエグランティーヌに負けたことを過剰に気にしているのかもしれない。

これはたぶんオレのせいなのだろう。

オレがアリスに対して自分の思いをきちんと伝えてこなかったから。

伝えよう。

オレはアリスにひどいことをしてしまった過去がある。そんなオレがアリスの隣に立つだなんておこがましいことだと思っていた。

これからアリスはオレの手から離れ、学園で生活することになる。

学園の中で、アリスにも好きな人ができるだろう。オレはそれでもいいと思っていた。むしろそれを望んでいた。

オレから巣立っていくアリス。

だが、オレはもう我慢ができそうにない。

オレはアリスのことが好きだ。困ったアリスも、怒ったアリスも、笑顔のアリスもみんな等しく大切で大好きなアリスだ。

「アリス、顔を見せて」

オレはアリスの頭を撫《な》でる。自分でも驚くほど優しい声が出た。

「ジル様……？」

アリスがオレを見上げる。ものすごく至近距離にアリスの顔があった。その目の端には、光る涙の水滴がある。これはオレが決断を先延ばしにして、アリスを不安にさせてしまった証《あかし》だ。

オレはアリスの涙を拭うと、意を決して口を開く。

「アリス、愛しているよ」

「ッ!?」

アリスの目が零《こぼ》れてしまいそうなほど大きく見開かれた。

「ジ、ジル様!?、その、本当に……?」

「本当だよ、アリス。アリスが信じられるまで何度でも言おう。オレはアリスを愛している」

「……夢みたいです」

アリスは零れる涙を拭うことなく笑顔を見せた。その美しすぎる笑顔。その笑顔をオレは一生忘れることはないだろう。

■第九章

レアポップモンスター狩り

翌日。

オレはアリスの学園の女子寮への引っ越しを手伝った。これでアリスと離れ離れになってしまうのだと思うと、寂しいものがある。

やっと思いが通じ合ったのに……。そう思わなくもない。

まぁ、今のオレはただの平民。仕方がないね。

その後、ダンジョンに行こうとしてあることに気が付く。

「鉄球の補充をしないとな……」

そういえば、王都のダンジョンで影を倒す際に鉄球をかなり消費したんだった。補充しておかないとな。

とはいえ、オレは王都の地理にはあまり詳しくない。どうしたものか……。

「冒険者ギルドで訊《き》いてみるか」

王都の冒険者ギルドはいくつか支部があり、ダンジョンの近くにも冒険者ギルドの支部があった。

石造りの古風で大きな建物。それが冒険者ギルドだ。

「二十階層クリアを祝って、かんぱーい！」

「「「「かんぱーい！」」」」

「知ってるか？　オレールのダンジョンで怪しい噂《うわさ》があってよ……」

「お姉さん、おかわりなんだな！」

「白の死神？　そんなの与太《よた》話だろ？」

「メタルスライムをソロで討伐なんてできるわけがねえ」

「のははははは！」

　中に入ると、ガヤガヤと冒険者たちが騒いでいた。どうやらここの冒険者ギルドも左半分が飲食スペースになっているらしい。

　冒険者って柄が悪いのが多いからね。飲食店の中には冒険者お断りの店も少なくない。そんな冒険者に気兼ねなく騒げる場所を提供する冒険者ギルドは商売上手《じょうず》だな。

　オレは右側にあるカウンターに向かった。

「いらっしゃいませ。今日はどのような御用でしょうか？」

　さすが、王都の冒険者ギルドだな。オレールの受付嬢よりも垢抜《あかぬ》けている。

「ちょっと訊きたいことがあってな。鍛冶屋《かじや》を探しているんだが、場所を教えてほしい」

「鍛冶屋ですね。かしこまりました。鍛冶師の方にも得意不得意がございますので、なにを作るかお伺いしてもよろしいでしょうか？」

「こんな感じの鉄球だ」

「鉄球……ですか？」

　カウンターテーブルに一つの鉄球を転がすと、受付嬢が不思議そうな顔で転がる鉄球を見ていた。

「触ってもよろしいですか？」

「ああ」

「この歪《いびつ》な形が必要なのでしょうか？」

鉄球は拾って再利用しているので、欠けたり凹《へこ》んだりしている。

「できれば綺麗な球体がいいが、これぐらいまでだったら許容できる。ただ、できれば早い方がいいな」

「なるほど。わかりました。でしたら……」

受付嬢が一軒の鍛冶屋を教えてくれた。そこは鍛冶師の見習いが多く、見習いの練習に鉄球を作ってもらえば早いのではないかという話だった。

「ありがとう、助かった」

「いえ、お役に立ててなによりです」

用も済んだので冒険者ギルドを出ようとして、ふとクエストボードが目に入った。

以前ならスルーしていただろうが、今のオレは手持ちの金に限りがある状態だ。アリスの学費も稼がないといけない。わりのいいクエストがあったら受けてみるのもいいかもしれないな。

「なになに……」

クエストボードを見ると、多種多様なクエストが貼ってあったが、どれも一癖ありそうなものばかりだった。

「かかる時間のわりに儲《もう》けが少ないな……。もしかして、冒険者って儲からないのか？」

「よお！　どうしたんだ？」

クエストボードの前で突っ立っていると、ジョッキを持った男に声をかけられた。

「ああ、冒険者ってあまり儲からないのかと嘆いていたんだ」

「なんでえ、お前、男かよ。かわいい格好してるから、女かと思ったぜ」

オレだって好きでこんな格好してるわけじゃない。でも、この白虎《びゃっこ》装備が現時点での最強なんだよ！

「オレのことはいいだろ……」

「そ、そうだよな。どんな格好しようが、お前さんの自由だよな。んで、冒険者は儲からないって話だったか？」

男はジョッキを傾けると、酒臭い息を吐きながら訊いてきた。

「ああ。このクエストボードに貼られている依頼は、面倒なわりに報酬が少ないんじゃないかと思ってな」

「そりゃおめえ、ハズレだから残ってるんだよ」

「どういうことだ？」

クエストに当たりハズレなんてあるのか？

「簡単な話だ。クエストは朝に貼り出されるんだが、わりのいいクエストはすぐに取られちまう。だから、こんな時間になっても残ってるのはみんながやりたがらないようなハズレばっかりだ」

「なるほど……」

クエストにもそんな事情があったのか。ゲームの知識だけじゃわからないことがたくさんあるんだなぁ。

「わりのいいクエストがやりたきゃ、朝早くに来るんだな」

「ああ。そうしよう。感謝する」

「お？　ちょっと待て待て」

そのまま冒険者ギルドを出ていこうとしたら、男に呼び止められた。何の用だ？

「お前、新人か？　このギルドに来たってことはダンジョンに潜るんだろ？」

「ああ」

「なら、あっちも要確認だ」

男が指差したのはクエストボードの隣のボードだった。

「あっちもクエストボードじゃないのか？」

「たしかにクエストボードなんだが、あっちは潜る前に絶対に目を通しとけ。変異個体の目撃情報が貼り出されている」

「変異個体？」

なんだそれ？

有無を言わさぬ男の態度に戸惑いつつも、オレは隣のクエストボードを見た。そして、驚いた。

なんと、レアポップモンスターの目撃情報が貼られているのだ。

もしかして、変異個体ってレアポップモンスターのことなのか？

「マジか……。なんでみんな倒しに行かないんだ？」

レアポップモンスターなんて歩く宝箱だろうに。たしかに、なにもドロップしない時やハズレアイテムの時もあるけど、倒して損はないはずなんだが……。

「倒す？　まぁ、たしかに誰かが倒してくれたらありがたいけどよ。ダンジョンで怯《おび》えなくて済むからな」

「怯え……？」

レアポップモンスターは、たしかにその階層で出るモンスターよりも強いが、倒せないわけでは……。

「そうか……」

そこまで考えて、オレは気が付いた。おそらく、過去の冒険者たちは何度もレアポップモンスターたちに痛い目を見せられてきたのだろう。

ここはゲームみたいな世界だが、現実だ。死んだらそれで終わりである。そんな世界で、誰が危険を冒してまでレアポップモンスターを倒すというのだろう。

確実にレアアイテムが手に入るなら、それでもレアポップモンスターを倒そうという冒険者はいただろう。だが、レアアイテムが落ちる確率は個体によって違うが、それでも五％以下がほとんどだ。

命を懸けて、そんな低い確率のギャンブルなんて誰もしない。

もしかしたら、レアポップモンスターからレアアイテムがドロップすることすら知らない可能性もある。

だから放置してるんだ。

「ありがとう、とても参考になったよ」

「なに、いいってことよ。お前さんも長生きしろよ！」

「ああ。お互いにな」

オレはレアポップモンスターの目撃情報を頭に入れると、すぐに踵《きびす》を返して冒険者ギルドを出た。

まさか、こんなおいしい状況になっていたとはなぁ。

普通なら、見つけるのが大変なレアポップモンスターの目撃情報が、まさか冒険者ギルドに堂々と貼られているとは思わなかった。

今すぐにでもダンジョンに潜りたい。鉄球は不足気味だが、レアポップモンスターを見逃すなんてできないね！

「まずは第六階層だったな」

入り口にあるモニュメントの前で六の数字を押すと、一瞬の浮遊感の後、見慣れた白い幅広の通路が目の前に広がっていた。第六階層だ。

「目撃情報はこっちだったな……」

オレは軽く駆け足で第六階層の右奥を目指す。

「ハズレか……。お、宝箱見っけ！」

通路の突き当たりで宝箱を発見した。木でできたオーソドックスな宝箱だ。この階層はまだミミックを警戒しなくてもいいから楽だね。

カパッと開けると、銀のネックレスが入っていた。ＭＰをプラス十してくれる首装備だ。これはアリスにあげよう。

アリスにいいお土産《みやげ》ができた。オレはルンルン気分で走り出すと、また行き止まりにぶつかった。そして、そこにも宝箱があった。

「二回連続とは運がいいな」

カパッと開けると、牙を連ねてできた腕輪が入っていた。これは物理攻撃力プラス五の効果があるアイテムだ。さっそく自分で着ける。物理攻撃力プラス五なんてカスみたいな数値だが、オレは腕輪装備を持っていなかったのでありがたい。

ちょっと得した気分で走り出すと、また行き止まりに宝箱があるのを発見した。

「え？　また？」

さすがにこうも続くとなにか理由があるんじゃないかと勘繰ってしまう。

「もしかして、レアポップモンスターがいるから、みんなここを避けているのか？　だから、宝箱がそのまま残ってる……」

宝箱はランダムポップなので確証はないが、そんな気がする。

冒険者ギルドで出会った男は、レアポップモンスターを倒すなんて考えられないみたいなこと言ってたし、もしかしたら、レアポップモンスターの周囲には大量の宝箱があるのかもしれない。

思いがけない報酬だな。メイン装備は整ったが、まだアクセサリー類が全然集まってないから助かる。

「この調子でどんどんいくぞ！」

宝箱を開けようとしたその瞬間、オレは危険を察知して転がるようにサイドステップを踏んだ。

オレのさっきまでいた所に刺さる銀色のぶっとい槍《やり》。その表面に映ったオレの顔は驚愕《きょうがく》の表情を浮かべていた。

本当に、自分でもよく避《よ》けられたなと思う。まったく気配を感じなかった。

銀色の槍は、ひゅんっと戻っていく。釣られてその方向に目を向ければ、銀色の大きなお饅頭《まんじゅう》のようなものがあった。メタルスライム。これこそ、オレの探していたレアポップモンスターだ。

メタルスライムの表面が細かく波打ち、次の攻撃態勢に入っているのがわかる。

だが、オレの視界に映った時点でお前の負けだ。

オレは即座に収納空間を展開すると、メタルスライムを縦に半分ほど呑《の》み込んだ。

「カット」

高い物理防御力を持っているはずのメタルスライムが、あっけなく半分に割られる。その時、コアも破壊したのか、メタルスライムはボフンッと白い煙となって消えた。

「くっ!?」

その瞬間、体が内側から燃やされているような熱を感じた。メタルスライムの『存在の力』を吸収したのだ。

久しぶりだな。一気にレベルが上がるこの感覚！　クセになりそうだ。

「くふふふ……」

まるで自分が一段上の存在になれたような全能感。

まぁ、いっても二十レベルくらいだからまだ全然なんだけどね。

メタルスライムはアイテムをドロップしないレアポップモンスターだ。その代わり、倒すと大量の経験値が貰《もら》える。ゲームでは人気のレアポップモンスターだったんだけどなぁ。

「さて」

それはそれとして、宝箱を開けたら次の階層に行くか。

ちなみに宝箱の中身は力の指輪だったのでありがたく自分で着けることにした。

そういえば、ゲームでは指輪って一つしか装備できなかったんだけど、今はすべての指に塡《は》めることができる。その場合、ちゃんとそれぞれの効果が発動するのだろうか？

そのあたりもちゃんと検証しないとな。

第十章 忘れていた脅威

「ふう」

ダンジョンの第十一階層にやってきた。ここにもレアポップモンスターがいるらしい。

「目撃情報では……たしかこっちだったな」

オレはあてずっぽうで左に向けて走り出した。

迷路のようになっているダンジョンの通路をひたすらに左に。こういう時、方向感覚がないとすぐに迷子になるのだが、オレには心強い味方がいる。それが収納空間だ。

収納空間は、自分で操作しない限り、一定の方向にあり続ける。例えば、ダンジョンの入り口で左側に収納空間を展開したら、まるで方位磁針のようにずっと同じ方向にあり続ける。

これのおかげでオレはダンジョンで方向を見失わずに済んでいる。

前世から方向音痴を自認しているオレには本当に心強い味方だ。

そのまま左方向に向かって走り続けていると……。

「た、たすけ！　助けてくれー！」

「誰かー！」

助けを求める声が聞こえてきた。

ひょっとすると、レアポップモンスターに襲われているのだろうか？

オレは声のする方へ急いだ。

「お、俺はもうダメだ。捨てていけ……！」

「そんなこと言うなよ！」

「くそっ！　もう来やがった！　急げ！」

「俺が時間を稼ぐ！　あばよ、お前ら。楽しかったぜ！」

なんか目の前で熱いドラマが展開されていた。

オレの前方十メートルほどの所に四人の男がいた。みんな思い思いの武装をしている。ダンジョンにいるんだ。たぶん冒険者パーティだろう。その内、三人の冒険者は撤退を始めている。

「うおおおおおおお！」

だが、仲間を助けるために、全身鎧《よろい》を着た冒険者が一人、奥にいる黒い大きなサーベルタイガーに向かって剣を振り上げて駆けていくところだった。

あの全身鎧くんは勝てるのか？　はなはだ疑問だ。

オレは近づいてきた男たちに声をかける。

「なあ、あの変異個体貰《もら》っていいか？」

「ああ!?　おま、なに言って!?」

怪我《けが》人に肩を貸しながら走っている男に声をかけると、まるでお化けにでも会ったかのように驚かれてしまった。

「やめておけ！　あいつの命を無駄にしないでくれ！」

「そ、そうだ。お前も早く逃げろ……」

「戦う意思がないなら、貰うな」

「あ、ちょ!?」

オレは英知の歯車を握ると、男たちの制止を無視して駆け出す。

「ごふ!?　ごは!?　げは!?」

目の前では、黒いサーベルタイガーにボコボコにされている男がいた。

全身鎧を着ているからまだ致命傷は負っていないようだが、時間の問題だろう。

「展開！　ショット！」

オレは新たに収納空間を展開すると、鉄球を撃ち出す。

サーベルタイガーは、エビのように素早く飛《と》び退《の》くと鉄球を避《よ》けた。

だが、これでサーベルタイガーと男の間に距離ができた。

「ショットガン！」

ズドンッ!!

オレは無数の鉄球をサーベルタイガーに向けて収納空間から発射する。

さすがにこの面攻撃は避けられなかったのか、サーベルタイガーに〝ショットガン〟が命中した。

サーベルタイガーはミンチのようになりながら、白い煙となって消える。

接近戦で止《とど》めを刺そうかと思ったんだが、その前に力尽きてしまったようだ。

「お？」

サーベルタイガーのいた所には、牙の首飾りが落ちていた。物理攻撃力プラス三百、物理防御力マイナス五十する装備だ。ドロップ率三％のレアドロップのアイテムである。首飾りで物理攻撃力を上げる装備は少ないのでかなり重宝するレアアイテムだ。

当たりも当たりの大当たり。ゲームではこれが欲しくて何時間も時間を溶かしたものだ。

まさか一発で出るとは思わなかった。かなり嬉《うれ》しい。嬉しさで胸がキュッと苦しくなるくらいだ。

オレはスキップで首飾りに近づくと、丁重に持ち上げて装備する。

「ふぁ～」

その心地よい重さに、ゲームで恋焦がれていた装備を実際に身に着けることができて、オレにもよくわからない吐息が漏れてしまった。

「倒した……だと……？」

「どうなってやがる……？」

「そんなバカな……!?」

「ん？」

そういえば、人がいたんだったな。

「うぐあ……」

「あ、おい!?　大丈夫か!?」

「そうだ！　無事か!?」

オレの近くで全身鎧の男が呻《うめ》き声をあげると、彼の仲間たちが集まってくる。

「ひでえ……」

「無茶《むちゃ》しやがって……」

倒れた男は、猫に弄ばれたおもちゃみたいにボロボロだった。手足が変な方向に曲がっているし、ガッツリと鎧に開いた穴からはドクドクと血が流れている。

男たちはポーションを取り出すと、血まみれで倒れている男にかけているが、あまり効果はないようだ。下級ポーションか？　そんなのじゃ治る傷も治らないぞ？

「血が、血が止まらねえ……」

「これでも使うといい」

「え？」

オレは収納空間から特級ポーションを取り出すと、男たちに放ってやった。

「すげえ！　血が止まった！　傷がどんどん治っていく！」

「まさか、特級ポーション!?」

「すごいな……」

男たちはあまりいい装備をしていないから、資金繰りが厳しいのかもな。だから、下級ポーションしか持っていなかったのかもしれない。

「そっちの男は大丈夫か？」

「ああ、俺は掠《かす》り傷《きず》だ。ポーションも持ってる」

「そうか。余計なお世話かもしれないが、ここに変異個体が出ると冒険者ギルドのクエストボードに書いてあったぞ。ダンジョンに潜る前にちゃんと確認しておくことだ」

「「「……………」」」

オレが一応注意すると、四人の男たちは黙ってしまった。

「あんたはこいつを助けてくれた恩人だから言うが……」

「本当に言うのか？」

「恩人に嘘《うそ》は吐《つ》けねえよ」

「まぁ、そうだな」

四人が覚悟を決めたようにオレを見た。

「白い旦那、あんたは俺たちの恩人だから特別に言うんだが、変異個体の出る周りには、宝箱が放置されていることが多いんだ」

「宝箱が？」

たしかに、メタルスライムを倒すまでに三つも宝箱を見つけたな。

「ああ。宝箱が出現しても、変異個体を警戒して誰も来ないからな。だから、普通じゃなかなか見つからない宝箱があることが多いんだ」

「なるほど」

オレの予想とも一致するな。

「だから、俺たちみたいな金に困ってるパーティが宝箱目当てに敢《あ》えて変異個体の出る危険地帯に入ることがあるんだ。宝箱の中身次第だが、けっこうな金になる時もあるからな」

なんだか、「虎穴に入らずんば虎子を得ず」みたいな話だなぁ。

ちなみに、オレはこのことわざがあまり好きではない。分の悪いリスクを冒す時の言い訳に使われる場合があまりにも多いんだよなぁ。

四人の男と別れた後、オレはレアポップモンスター狩りを続行した。

したんだが……。

「本当に感謝している。助かった」

「本当にありがとう」

「ああ……。あんたたちも宝箱を狙ってわざわざここに来たのか？」

「ああ、そうだ」

「それでこのざまよ……」

オレの目の前には、やつれた様子の男二人、女三人の冒険者パーティがいた。彼らも先ほどの男たちと同じく宝箱を狙ってわざわざレアポップモンスターがいる所まで来たらしい。

「本当に、あなたが来てくれなかったら私たちは死んでた。本当に感謝しているわ」

「助かったよ」

「わかったわよ……」

「オレが言うことじゃないが、あまり自分の命を粗末にしないことだ」

「そう、だな。さすがに今回のことで懲りた……」

言葉通り、肩を落として彼らは、ダンジョンから脱出するべくそのそのそと歩いていった。

「レアポップモンスターの周辺には宝箱が眠っているって、わりとメジャーな情報なのか？」

それからもレアポップモンスターの目撃情報のあった近くで、二組のパーティと出会った。一組目は助けられたが、二組目は手遅れだった。

仇《かたき》は取ったので許してほしいところだ。

そうやってレアポップモンスターを倒すこと六体。まだまだレアポップモンスターの目撃情報はある。

「こりゃ今日一日では倒しきれないな」

オレは次なるレアポップモンスターを求めて駆け出した。


「あん？　あんたか？　俺たちに仕事があるってのは？」

私、アンベールは、目の前にいる男たちを見回した。皆、薄汚れた武装を身に纏《まと》ったヒゲ面の男たちだ。

ここ王都の影に生きる者たちらしいが……。これは期待外れだったか？

「ガキじゃねえか！　ちゃんと報酬は払えるんだろうなあ？」

「ふんっ！」

やはり野蛮だな。品性の欠片《かけら》もない。私が鼻を鳴らして応えると、それが気に障ったのか、男の一人が眉を吊《つ》り上《あ》げる。

「てめえ！　え……？」

その間抜けな一言が、男の最期の言葉になった。私が自ら首を刎《は》ねたのだ。光栄に思ってほしい。

「なっ!?」

「まさかっ!?」

「み、見えなかった……」

鼓動と連動して首から噴水のように血を噴き出す男だったもの。それを見る男たちの顔は驚愕《きょうがく》に染まっていた。

この程度で驚かれるとは。王都の暗部も存外不甲斐《ふがい》ないものだ。

まぁ、それも当然か。私は【剣聖《けんせい》】のギフトを持つ選ばれた人間だからな！

「ここに来た以上、貴様らにはしっかり働いてもらうぞ。安心しろ、報酬はちゃんと払ってやる」

また人を集めるのも面倒だ。こいつらにはきっちり仕事をこなしてもらう。

私の力を示したのがよかったのか、男たちは緊張した面持ちで頷《うなず》いた。

私を強者と認めたのだろう。やはり弱者は強者に従うべきだからな。

待っていろよ、ジルベール。私に恥をかかせた罪を存分に償わせてやる！

貴様の首を手土産《てみやげ》にすれば、父上も私を認めてくださるはずだ！

そして、もう私が予備になることもない。

貴様には、私の踏み台としての役割を果たさせてやろう。光栄に思うがいい。

「ん？」

それは、数日にわたったレアポップモンスター狩りも一段落し、そろそろダンジョンの攻略を進めようとした時のことだった。

第十五階層のボス部屋の前で、十人ほどの男たちが待機していた。

またボスを討伐する順番を待っているのだろうか？

オレはとりあえず状況を確認するために男たちに話しかける。

「これはどういう状況なんだ？　ボス討伐待ちか？」

「あ？　ああ、いや……。お、俺たちは休憩中なんだ。ボスを狩るなら先にいいぜ」

「そうか」

なんだか妙にビクビクした男だったな。そんなにダンジョンが怖いのか？

不思議に感じつつも、オレは第十五階層のボス部屋へと歩みを進めた。

第十五階層のボスは、オークジェネラルが二体だ。

オークジェネラル自身は耐久力のあるモンスターである。それが二体。討伐に時間はかかるかもしれないが、まぁ、オレの敵じゃないね。

オレは緊張も警戒もなく扉を開いてボス部屋へと足を踏み入れる。

「あれ？」

ボス部屋に入ってすぐに気が付いた。

ボスが、一体しかいない？

しかも、広いボス部屋の中央にいるのは、通常の黒鉄《くろがね》のオークジェネラルじゃない。黄金の装備を身に着けた二メートル半はありそうなオークだ。

「まさか……ッ！」

オークホーリーナイト：ガブエ!?　レアポップボスモンスターじゃないか！　まさかここで出会えるとは思ってもみなかった！

オレの中で急激にテンションが上がるのがわかった。胸がキュッと締め付けられ、呼吸も荒くなる。

落ち着け。落ち着くんだ、ジルベール。まだ慌てるような時間じゃない。

ガブエのレアアイテムドロップ率は三％。どうせレアアイテムはドロップしない。だから落ち着くんだ。

「って、それは無理だあああああ！」

オレは気が付いたらガブエに向かって走り出していた。一刻も早く倒したい。倒してレアアイテムを手に入れたい！　頼むからドロップしてくれ！

ガブエもオレの存在に気が付いた。オレの身長以上に大きな黄金のタワーシールドと黄金の長剣を構える。まるで黄金の岩にぶつかっていくような感覚だ。とにかくガブエからは大きく、そして硬い印象が伝わってきた。

「ファストブロー！」

まずは様子見の『ファストブロー』をガブエのタワーシールドに叩《たた》き込《こ》んだ。

一見、無意味にも思える行為かもしれない。だが、そうじゃない。英知の歯車の追加効果である無属性魔法ダメージ。これはオレの拳をどんなに完璧に防ごうが、効果が発動する。不可避の攻撃なのだ。

しかも、白虎《びゃっこ》装備の効果で、攻撃するたびにＭＰが回復する。これによってずっとオレのターンとばかりに攻撃し続けることができるのだ。

たしかに、〝カット〟を使えば楽に倒せるかもしれない。だが、せっかく丈夫なサンドバッグが目の前にあるんだ。格闘術スキルのスキル上げに協力してもらおう。

そんなことを暢気《のんき》に考えていた時だった。

「ッ!?」

背後から殺気を感じて慌てて横に飛び退く。

一瞬前までオレのいた所を通り過ぎ、カツンッとガブエのタワーシールドに弾《はじ》かれた一本の矢。

それは明らかに人間が使うもので……！

「チッ」

背後から聞こえた舌打ちに振り向けば、先ほどボス部屋の前にいた男たちがボス部屋の中に入ってきていた。

他のパーティが戦っている獲物に許可なく手を出すのは禁止。冒険者たちにとっては常識とも言えるレベルの暗黙のルールだ。もちろん、ダンジョン内でも人を殺せば犯罪である。

明らかなルール違反。そして、オレへの攻撃。

『坊ちゃん、ダンジョンには冒険者を襲う賊もいるんです。気を付けるんですよ』

以前、マチューが言っていた言葉を思い出す。まさか、こいつらがその賊なのか？

その答えは意外なところからきた。

「久しぶりだな、ジルベール。相変わらず悪運がいい」

「なっ!?」

男たちの奥、フードを被《かぶ》った小柄な男が外套《がいとう》を脱ぎ捨てる。

現れたのは、オレと同じ黒髪の少年だった。明確に人を見下したような黒い瞳。腰に吊るされた宝剣。オレに代わってムノー侯爵家の嫡子になった少年！

「アンベール！」

「平民ごときが、気安く私の名を囀《さえず》るな」

わかってはいたことだが、オレとアンベールの間には深い溝があるらしい。

まぁ、オレもお前のことが嫌いだよ。

しかし、現状がわからない。いや、もう薄々感づいてはいる。だが、まさかという思いの方が強かった。

オレはガブエの攻撃を避けながら、叫ぶ。

「アンベール！　お前は次期侯爵に確定した！　今さら何の用だ！」

そう。オレは平民に落とされ、アンベールは正式に嫡子になった。もうアンベールがオレを疎ましく思う理由はないはず――。

「私に敗北は許されない。敗北などあってはいけないのだ！　ジルベール、貴様の首を父上への手土産にさせてもらうぞ！　そうすれば、領内の貴様を次期侯爵になどという不愉快な話もなくなるだろうよ！　そして、私は父上に認めてもらうのだ！」

アンベールの目はオレを見ていない。その目には狂気の色があるような気がした。

「お前たち、やれ！」

アンベールの号令と同時に、オレに向かって男たちが殺到する。

「なんだ？　ボスの色が違うぞ？」

「なんだこいつ！」

「ボスには攻撃すんなよ！」

「わーってらぁ！」

男たちとガブエに挟まれて、オレは絶体絶命だ。

「くそっ！」

男の剣を避け、反撃しようとしたところに矢が飛んでくる。まだまだガブエもアンベールも男たちもいる。相打ち覚悟なんてしている場合じゃない。仕方がなく反撃を諦めて回避する。

そして、最悪なことにボスのガブエが男たちには目もくれず、オレばかりを攻撃してくる。なにかカラクリでもあるのか？

「ダブルブロー！」

最悪な状況にもめげずに一人、また一人と男たちを殴り、数を減らしてく。英知の歯車は強力で、一撃で意識を刈り取れたのはデカい。

「こいつ、つえーぞ！」

「ボスを上手《うま》く使え！」

「あの黒いのには気を付けろ！」

「矢が吸い込まれた!?」

だが、男たちはまだ七人もいる。ボスも健在だし、苦しむオレをアンベールがニヤニヤ見ている。多勢に無勢だ。

〝ショットガン〟で一気に片付けたいところだが、こんな時に限って弾切れだ。

収納空間は二つ展開できるが、二つとも至近距離から撃たれる矢に対応するため、〝カット〟を使う暇もない。

隙を見てガブエの長剣や盾を殴ってダメージを積み重ねているが、ガブエは最悪なことに回復魔法も使える長期戦が得意なモンスターだ。このままでは倒すのにどれくらい時間がかかるのかわからない。

ガブエや男たちの攻撃を避けて避けて隙を窺《うかが》う。だが――――!?

「ぐッ!?」

ガブエの振るう巨大な長剣を弾いた時だった。右肩に赤くなるまで熱した金属棒を押し付けられたような熱さが広がった。遅れて押し寄せる異物が体内に侵入した不快感と、刃物で切った時特有の鋭い痛み。

ちらりと見れば、オレの右肩からは一本の矢が生えていた。収納空間の防御の隙間を縫って撃たれたのだ。

「しゃおらッ！」

「撃ち殺せ！」

「くそっ！」

盛り上がる男たちとは対照的に、オレは悪態を吐く。

ガブエを合わせて、八人からの攻撃を受け流しきれるほどオレの技量や経験は高くなかったのだ。

このままではジリ貧だ。覚悟を決めなければならない。

オレは獣になる覚悟をした！

「ああああああああああああああああああああああッ！」

決意の咆哮《ほうこう》と共にオレは走り出す。

「なんだ？」

「ひゅっ!?」

狙うは弓を構える男だ。後先考えない一撃で弓男の喉を潰し、屠《ほふ》る。

右肩を動かすと激痛が走るが、そんなの構っていられない。

「やれ！」

「おう！　あがあッ!?」

オレの背後を取った男たち二人に収納空間を展開し〝カット〟する。これで三人。

その瞬間、オレの腹に矢が生えた。男たらはまだまだいる。反撃を貰うことなんて想定内だ。

オレは怯《ひる》むことなく弓を放った男に向けて収納空間を展開した。発射するのは今まで溜《た》め込《こ》んだ五本の矢だ。そのすべてを吐き出し、弓を構えた男を射殺す。これで四人。

「なんだこいつ!?」

「急に動きが!?」

男たちの驚愕の声がボス部屋に響く。

そこで動いたのはガブエだ。

「ラッシュ！」

振り下ろされた長剣を回避すると同時にガブエのタワーシールドに拳の乱打を叩き込む。盾に叩き込んでも効果は低いが、オレには英知の歯車がある。オレの拳が防御されたとしても、無属性魔法ダメージは健在だ！

そして、二つの収納空間を操り、ガブエの両足を〝カット〟で斬り飛ばす！

まるで落ちるように倒れてきたガブエの首を〝カット〟で刎ねた。ガブエの体がオレを押し潰すように倒れかかった瞬間、白い煙となって消える。

これで最大の懸念事項は取り除いた。

「おらあッ！」

だが、休む暇なく背後から男に背中をザックリと斬られた。背中を斜めに熱いものが走る。

「ソニックブロー！　フィニッシュブロー！」

オレは振り返ると同時にコンボで男を屠る。白虎の効果で使った以上にＭＰが回復するのがわかった。〝カット〟で大きく消耗していたからありがたい。

「がッ!?」

しかし、男を仕留める隙を狙われて、今度は左の脇腹に矢が生えた。

よろけそうになる体を叱咤《しった》し、弓を持った男へと疾走する。

「なんだこいつ!?　あげぴょッ!?」

弓を持った男を屠り、その代わりにまた斬られてしまった。

「なんで死なねえんだよ!?」

「ラッシュ！」

だが、なんとか最後の男を屠ったその瞬間――――――ッ!?

「ぐあッ!?」

突然、迫る影を感じて右肩が燃えるように熱くなった。続いて響くのは、まるで水袋を落としたような湿った音。オレの右腕が床に落ちた音だった。

アンベールがついに動いたのだ。

予想はしていた。だが、速すぎて首を守るのが精いっぱいだった。

どうやら、アンベールはオレの予想以上に強くなっているらしい。

鼓動に合わせてだくだくと血が流れる右肩。白い白虎装備を赤く染めていく。

とっさに残された左手を右肩にやると、ぬるりと温かい血が後から後から流れ出す。なんとか衝撃で後ろに倒れそうになる体を立て直し、振り返る。

「はははははははっ！」

アンベールは、三メートルほど離れた所からオレを見て、楽しくて仕方がないとばかりに笑っていた。

「いい姿ですねえ、ジルベール！　首を刎ねられなかったのは残念ですが、まぁ楽しみが増えたと思えばいい」

「アンベール……」

先ほどの太刀筋《たちすじ》は、確実にオレを殺すための剣だった。

ここまでやったんだ。アンベールは、オレを殺す気だ。その殺意に微塵《みじん》の揺らぎもない。

これほどまでに人に純然たる殺意を向けられたのは初めてだな。

オレはたしかにアンベールのことは嫌いだ。だが、今までは殺したいほどかと問われると首をかしげざるをえなかったが……。もうそんな甘い考えが許される段階はとうに過ぎていたと痛感した。

オレは残された左手を強く握りしめる。

ここから生還できるのは、たった一人だけだ。オレは初めてアンベールを殺す覚悟をした。

「ははっ！　そんなボロボロの姿でまだやる気ですか？　もう実力差はわかったでしょう？　首《こうべ》を

垂れるなら、綺麗《きれい》に首を刎ねてあげますよ？　父上へのいい手土産になるでしょうからね！」

「お断りだ、クソ野郎」

相手は万全のアンベール。対してこちらはもう立っているのもやっとなほどだ。

血を大量に失い、目が霞《かす》む。頭もボーッとし、体に力が入らない。痛みなど感じる段階は過ぎ去って、ただただ寒かった。

それでも！　オレは負けるわけにはいかない！

ようやく想《おも》いの通じ合ったアリスのためにも、そしてオレのためにも。

オレが負けたらどうなる？

アリスはきっと悲しむだろう。アリスに悲しい思いはさせられない。

それに、アンベールを生かして帰すというのも考えものだ。

アンベールは来年学園に入学することになる。そうなれば、オレが介入できない状況でアンベールとアリスが出会ってしまう。アリスが危険にさらされる。そんな未来は認められない！

やはり、アンベールはここでどうにかする必要がある。

「気に入らないな、その目。えぐり取ってやるよお！」

アンベールの姿が、消える！

あまりに速く、低い突撃姿勢に一瞬だけ見失ってしまった。その一瞬が命取りになる。

「くっ！」

オレは急いで収納空間を前方に展開し、以前ゴブリンメイジ戦でゲットしたファイアランスの魔法を出現させた。

ファイアランスは地を這《は》うような姿勢のアンベールを迎撃するが――――ッ!?

「無駄あッ！」

アンベールの叫びと共に、ファイアランスが真っ二つに割れた。

その間を抜けるようにしてアンベールが突っ込んでくる。

「これで終わりだああ、ジルベール！」

アンベールの進路を遮るように配置した収納空間。それを二つともするりと避けられ、アンベールが目の前に現れる。剣を横に振り、オレの首を刎ねるその瞬間――――！

この瞬間を待っていた！

「展開……」

「ッ!?」

オレは三つ目の収納空間を展開する。ハッと息を呑《の》むような音が収納空間越しに聞こえた気がした。

「カット！」

三つ目の収納空間を閉じた瞬間、オレの横を驚愕の表情を浮かべたアンベールが通り過ぎていく。

そして、オレの背後で湿った音を響かせてアンベールの体が転がった。

「あぁぁあぁぁあああああぁぁぁあああああああぁぁ！」

アンベールの情けない悲鳴が木霊《こだま》する。振り返れば、右の手足を失ったアンベールが白い床に転

がっていた。

危なかったな。ガブエを倒したことでギフトが成長し、収納空間を三つ展開できるようになっていなければ、死んでいたのはオレだったかもしれない。

「貴様！　早く私の手足を返せ！　私はアンベール・ムノーだぞ！　平民の貴様とは格が違うんだ！　こんなことをして、ただで済むとは思うなよ！　次は必ず後悔させてやるぞ！　必ずだ！」

「はぁ……」

なにを言うのかと思えば、くだらない。

「アンベール、次なんてないんだよ。キミはここで消えるんだから」

「はぁ!?　貴様に私が殺せるわけがない！　私は次期侯爵だぞ！　平民ごときが貴族に手を上げて無事で済むはずが――」

「アンベール、ここはダンジョンの中だよ？　目撃者なんて誰もいないんだ。バレなければ、それはないのと同じだよ」

「え!?　あ！　ほ、本当に私を殺すつもりなのか!?」

アンベールがまるで信じられないものを見るような表情をしていた。そして、それは次第に焦りを帯びた悲痛なものに変わっていく。まるで自分が死ぬ可能性に初めて思い至ったみたいだ。

「はぁ……」

もう話すのも面倒になり、オレは収納空間を展開する。

実は、オレにはもう動くだけの体力も残されていない。それだけ多くの血を流したということだろう。早くアンベールを処理して治療しないとな……。

「そんなバカな……。ジ、ジルベール。いいいや、兄上！　考え直してくれ！　私は侯爵になるんだ！　兄上も貴族に戻してやる！　だから――――」

「さよなら、アンベール」

「ジルベールぅうううううううううう！」

オレは収納空間にアンベールを呑み込んだ。前々から生きている人間を収納したらどうなるか気になっていたので、実験するのにちょうどいい。

「くぅ……」

オレは収納空間から特級ポーションを取り出すと、震える左手でコルクを飛ばし、一気に呷《あお》るのだった。

エピローグ

「うへへへ」

ダンジョンから戻って、ここ数日はアンベールたちとの戦闘が祟《たた》ってロクに動けずにいた。

しかし、オレはご機嫌だった。

「美しい……」

ベッドの上に寝転がって、右手の人差し指に塡《は》めた幅広の指輪に頬擦《ほおず》りする。宝石などは付いていないが、細かな彫刻が施された金の指輪だ。

これこそがレアポップボスモンスターであるガブエのレアドロップアイテム。ガブエリングだ。

その効果は防御力の上昇と、なんと回復魔法が使えるようになる珍しい指輪だ。ソロでダンジョンに潜る時はもちろん、アリスと一緒にダンジョンに潜る時にも活躍してくれるだろう。

ゲームの時は何日も捧《ささ》げてやっと手に入れたが、まさか一発でドロップするとは思わなかった。

もうキスしちゃうくらい嬉《うれ》しい！

それに今日は待ちに待った休日だ。やっとアリスに会える！

「アリス、元気にしてるかな？」

アリス一人だけで学園に送るのは心配だったし、寂しかったが、きっとアリスもオレから離れて大きく成長するチャンスだ。

「どこに連れていこう？　やっぱりダンジョンかな？」

エグランティーヌに勝てなかったのを悔しがっていたし、きっとアリスも強くなりたいはずだ。

「うん。ダンジョンに行こう！　っと、そろそろアリスとの待ち合わせの時間か」

オレはベッドから跳ね起きると、学園へと急ぐのだった。


「アリス！」

学園の正門では、もうアリスが待っていた。

白を基調としたワンピースを着たアリスは、久しぶりに見たからか、グッと大人びたように見えた気がした。

あれは確か『アウシュリー』で貰《もら》った服だな。さすが、王都に店を構えるだけあってセンスがいい。男子三日会わざれば、刮目《かつもく》して見よなんて言葉があったけど、それは女の子にも言える気がする。むしろ、女の子の方が変化が激しいんじゃないか？

そんなことを思いつつ、手を振りながら近づくと、アリスもオレに気が付いて、体いっぱい使って手を振り返してきた。

失礼かもしれないが、なんだか子犬が尻尾《しっぽ》を振っているみたいでかわいらしい。グッと淑女に近づいたように見えたアリスの女の子の部分に、オレはなんだか少し安心した。

「アリス、お待たせ。待った？」

「いいえ。わたくしも今来たところです」

ニコニコ笑っていたアリスだけど、その顔が少し曇る。

「どうしたの？」

「その……。エグランティーヌ様から言伝《ことづて》を預かっています」

「エグランティーヌ殿下から？」

なんだか嫌な予感がするな……。恋人との逢瀬《おうせ》を邪魔しないでもらいたいんだが……。

「ジル様を離宮にご案内するように、と……」

「離宮か……」

きっとエグランティーヌの住んでる離宮だろう。嫌な予感がバリバリする。

「すみません、ジル様。せっかくお会いできたのに……」

「エグランティーヌ殿下のお誘いじゃ仕方ないか。オレもアリスと会えて嬉《うれ》しいよ。制服姿のアリスも素敵だったけど、その姿もかわいいね」

アリスの顔が、ポッと火が灯《とも》るように赤くなった。アリス、かわいいよ、アリス。スクショしたい！　なんでオレの目にはスクショ機能がないんだ！

「お連れいたしました……」

アリスと一緒に案内されたエグランティーヌの離宮に入る。きっとここが離宮の応接間なのだろう。前回と同じ部屋だ。

「アリス、よくジルを連れてきてくれました」

「もったいないお言葉にございます」

エグランティーヌの言葉にアリスが頭を下げる。学園で礼儀作法も習っていると言っていたからね。綺麗《きれい》な礼だった。

これはオレもがんばらないとな。

オレはエグランティーヌの前でひざまずいて頭を下げる。

「このジルベール、エグランティーヌ殿下のお呼びと聞き、馳《は》せ参《さん》じました」

「ジル、そのような礼は不要です。さあ、頭を上げて。こちらに座ってください」

エグランティーヌに対面のソファーを勧められてしまった。長い話になりそうだな……。

「はっ。ありがとうございます」

「シア、人払いを」

「かしこまりました」

エグランティーヌがエルフの少女に命じると、あらかじめ聞かされていたのか、女子生徒やメイドたちも下がっていく。その中にはアリスの姿もあった。最後に見たアリスの顔は心配そうにオレを見ていた。

「これでやっとお話しができますね」

エグランティーヌが普通の少女のように笑顔を見せる。この国の王女として厳しく躾《しつ》けられているエグランティーヌには珍しい心からの笑みだとわかった。

「エグランティーヌ殿下、お話とは？」

オレが敢《あ》えて殿下と呼ぶと、エグランティーヌの笑顔が一瞬だけ陰ったように見えた。

「……ジル、あなたはダンジョンに潜っていますね？」

「ッ!?」

驚き、息を呑《の》んでしまった。王宮育ちのエグランティーヌだ。オレの動揺など手に取るようにわかっただろう。

しまった。うかつだった。相手は生粋の王族だぞ？　元婚約者だからと甘く見ていたのか？　渾《こん》身《しん》のポーカーフェイスを決めるべきだったのに……オレのバカ！

もう言い逃れはできないな……。

「……どこでそれを？」

「それは秘密です。白の死神。大変有名な冒険者なんですってね」

王族には忍者のような影の部隊が身辺警護に付いている。ゲームにも登場した部隊だが、まさか、彼らが動いたのだろうか？

「私の冒険者証を剥奪しますか？」

オレはまだ十二歳。本来ならば、ダンジョンに潜ることはできない年齢だ。オレの冒険者証を取り上げるというのは十分にありえる。

しかし、冒険者証を取り上げられてしまえば、ダンジョンに入れないどころかアリスの学費を払うことさえ難しくなる。

できればそれは避けたいところだが……。今のオレにエグランティーヌに対して差し出せるものがあるだろうか？

「それはこの後の答え次第かしら？」

「なるほど……」

エグランティーヌはオレになにか求めるものがあるみたいだ。

しかし、なにを要求するつもりだ？　まさか、ガブエリングか!?

「ジル、わたくしの騎士になってください」

「え？　騎士？」

ガブエリングじゃないのか……？

「そうです。ジルは白の死神と呼ばれる手練《てだ》れの冒険者なのでしょう？　ダンジョンで多数の変異個体を単独で撃破したことも確認しています。それだけの実力者ならば、王族個人の騎士になっても誰も文句は言いませんわ」

王族個人の騎士か……。

束縛されるのは避けたいところだが、これってチャンスなのでは？

エグランティーヌの騎士ならば、堂々と学園に入ることもできるだろう。

ならば、より近くからアリスの成長を見守ることができるかもしれない。

それに、アンベールのこともある。

バレることはないと思うが、オレはアンベールを殺している。平民が貴族を殺すなんて、もちろん重罪だ。

しかし、王族の騎士になれば、一代限りの貴族位を賜ることになる。ムノー侯爵も証拠もなくオレを断罪することはできない。

そして、実家であるムノー侯爵家のこともある。

ムノー侯爵家は、後に王家に反旗を翻して滅ぼされることになる。その時、連座で処刑されるのは避けたいところだ。そのためにも、王家とのパイプは持っておきたい。

うーむ。エグランティーヌの騎士になるのは仕方ないか。オレの秘密を握られている以上、従うしか選択肢はないんだし。

その前に労働条件を確認しておこう。さすがにブラック企業も真っ青なブラック具合だったら無理だし。

「エグランティーヌ殿下、確認したいことがいくつか……」

「なんでしょう？」

エグランティーヌがニコニコしながらオレを見ている。

「報酬は出るのでしょうか？」

「もちろんですわ。王族を守るのですもの。お給料は期待してもいいですよ」

よかった。ちゃんと給料は出るらしい。

「エグランティーヌ殿下、勤務日数ですが……。率直に申し上げますと、私はアリスとの時間を大切にしたい。そして、ダンジョンにも潜りたいのです。わがままを言っている自覚はありますが、汲《く》み取《と》っていただけませんか？」

エグランティーヌの笑顔が少し陰ったのをオレは見逃さなかった。

「……わかりました。ジルの意思を尊重いたしますわ。本当は近くにいてほしいのですけど……」

これってかなり好条件なのでは？

あまり条件を出しても、秘密を握られてる以上、無理は言えないしなぁ。

このあたりで手を打つか。

「ありがとうございます、エグランティーヌ殿下。菲才《ひさい》の身ではありますが、殿下の騎士として全力を尽くします」

「はい！　それでですが、二人っきりの時はわたくしのことはバラと……」

「それはできません」

オレは気が付いたらエグランティーヌの言葉を遮っていた。

バラとは、婚約者時代にオレが付けたエグランティーヌのあだ名だ。それを呼ぶ。それだけはできない。アリスを裏切ることだけはできない！

　オレはアリスの婚約者なんだ！

「ジル？　えっと……」

「エグランティーヌ殿下、お気持ちはありがたいですが、私にはそのお気持ちに応えることができません。私はアリスを愛しているのです」

　オレはソファーから立ち上がる。

「ジル！」

「失礼いたします」

　そして、エグランティーヌの言葉を無視して足早に応接間を去るのだった。


「ジル様……」

　応接間を出ると、すぐにアリスと出会えた。

　アリスは心配そうな顔をしてオレに駆け寄ってくる。

「アリス、お待たせ。ごめんね、せっかく会えたのに」

「いいえ……。それでジル様、何のお話だったんですか？」

「エグランティーヌ殿下の騎士にならないかって話だった。勝手に決めて悪いけど、受けることにしたよ。これで学園に入れるし、アリスにも会えるよ」

オレは敢えて楽天的な笑顔を浮かべる。アリスにはお金の心配をせず、できる限り安心して学園に通ってもらいたいからね。

「でも……」

アリスの心配そうな顔は変わらない。

「断れなくてごめんよ。でも、給料も出るし、勤務形態も自由だからさ。心配はいらないよ。殿下にはアリスのことが好きだって伝えたしね」

「ええっ!?」

アリスがビックリした顔でオレを見上げていた。そんな顔もかわいいね！

オレがしっかり伝えないから、アリスを心配させてしまったんだ。だから、これからは自分の気持ちをしっかり言う。

「えっと、そのっ!?」

あわあわしているアリスの耳元で囁《ささや》く。

「オレのお姫様はアリスだけだよ」

「────ッ!?」

アリスの顔はそれはもう真っ赤に染まった。最近やられっぱなしだったからね。たまには反撃しとかないと。

アリスはオレの視線に気が付くと、ちょっとだけ頬を膨らませてみせる。

レア顔だ！　スクショしたいよー！

「もう。ジル様はいじわるです……」

「いじわるなオレは嫌い？」

「もうもうもうっ。……愛してます」

ちょっとだけ拗《す》ねたようにオレへの愛を囁くアリス。そんなアリスが愛《いと》おしくてたまらない。

アリスかわいいよ、アリス！


その後、オレは滅多《めった》に入れない学園をアリスに案内してもらった。

いわゆる学内デートってやつである。

ゲームの舞台である、まるで博物館のような重厚な雰囲気の学園をこの足で歩けて、『レジェンド・ヒーロー』オタクとしては感動ものだ。

王都の中心部に近いというのに、これだけの広さがあるとは。王国の教育への熱心さが伝わってくるようだった。

学園を歩き回っていると、すぐに夕方になってしまった。

好きなことをしていると、時間が経《た》つのは早いよね。

それとも、アリスと一緒にいたからそう感じたのだろうか。

オレたちは別れを惜しむように正門で向かい合っていた。

「アリス、今度の休みなんだが……」

「それでしたらジル様、わたくし連れていってほしい所があるんです」

来週の休みはアリスをダンジョンに誘おうとしたら、アリスが行きたい場所があると言い出した。

あまり自己主張しないアリスには珍しいことだな。どこへなりとも案内しようじゃないか！

「へえ、どこなの？」

「劇場です。今やっている劇がとても感動的なんですって！」

「アリスも観劇に興味がわいたの？」

「その、お茶会でみなさんがこぞって絶賛するものですから、つい……」

アリスが恥ずかしそうに言った。

なるほど。みんなが知ってるものを自分だけ知らないのは疎外感があるよね。それに、たかがお茶会と思うかもしれないが、お茶会は貴族女性の戦場だ。そこで話題に入れないというのは致命的だね。

それに、アリスががんばってお友だちを作ろうとしているのが伝わってきた。アリスはもうオレがいなければなにもできないかわいそうな女の子じゃない。一人でも歩いていける女性になった。アリスの成長を嬉しく感じつつも、オレはなんだか寂しい気もした。

「わかった。今度の休みはデートにしよう。観劇したり、王都を観光するのもいいね」

「デート……！」

アリスが顔を赤らめてうんうんと頷《うなず》いた。その初々しい反応がかわいらしくてたまらない。アリスが喜ぶ最高のデートにしよう！

アリスとのデートの約束が決まり、ウキウキ気分で宿に戻ると、一通の手紙が届いていた。

差出人を見ると、マチューとデボラの名前があった。二人とも元気にしてるかな？

オレはそっと封筒を開けると、中の手紙を取り出す。見れば、マチューらしい角ばった文字で二人の近況が書いてあった。どうやら二人とも元気に暮らしているらしい。

そして、オレとアリスを心配しているとも書いてあった。無駄遣いはしないようにだとか、お金は大切だとか、生水は飲むなだとか、浮気はダメとか、いろいろな生活の知恵や注意事項が列挙されている。

「たぶん、世間知らずだと思われているんだろうなぁ。なんだか息子と娘が都会に行ってしまった夫婦からの手紙みたいだ」

口から零《こぼ》れた感想に面白くなって、つい頬が緩むのを感じた。

手紙の中で、最近アンベールの姿が見えないから身の回りには注意するようにとも書いてある。間に合いはしなかったが、二人が真摯にオレとアリスを心配しているのがわかった。それだけで心が温かくなる。

オレとアリスも、家族には恵まれなかったが、人には恵まれたようだな。

オレとアリスの幸せを願っている。そんな文章で締められた手紙を大切に収納空間にしまう。後でアリスにも見せてあげよう。きっと喜ぶはずだ。

そして、オレは温かい気持ちそのままに、さっそく机へと向かった。

「なんて返事を書こうかな……」

アリスが学園に入学できたこと、アリスの学費を稼ぐめどが立ったこと、オレもダンジョンの攻略が楽しいこと、マチューに紹介してもらったジョルジュとも親交が続いていること。書くことはいくらでもある。

「アンベールのことは……それとなく書いておくか」

アンベールの名前を出さずに、脅威は去ったとだけ書いておく。マチューとデボラなら察してくれるだろう。

「なんだか不思議な気持ちだ……」

まさか、アリス以外にも大切な人ができるとは思いもよらなかった。

「お二人とも、お体には気を付けてください……と。また会えることを楽しみにしています……」

オレは温かい気持ちを抱えたまま、気が付けば便箋の裏側にまでびっしりと書き込んでいたのだった。

そしていよいよアリスとのデート当日。

オレは学園の正門でアリスを待っていた。当然、約束の時間の少し前にやってきて、いろいろと準備は済ませていた。

「すみません。お待たせいたしました」

「いや、アリスは時間ちょうどだよ。オレが早く来すぎたんだ。アリスに早く会いたくてね」

「まあ！」

クスクスと笑うアリスは世界一かわいらしい。

アリスは『アウシュリー』で買った黒色の簡易的なドレスを着ていた。アリスの白い肌や銀髪が映えるね。すばらしい。

「じゃあ、行こうか」

「はい」

そうしてオレはアリスの手を取って馬車に案内する。

「馬車、ですか？」

「ああ、学園に頼めば用意してくれるからね。劇場は学園から遠いから用意しておいたよ」

「ありがとうございます、ジル様」

アリスが感激したようにぽうっとした顔でオレを見ていた。

ああ、スクショがしたい！

アリスをエスコートして馬車に乗り込むと、まずは劇場に向かう。まだ少し早い時間だが、遅刻するよりはマシだろう。

「すごい建物ですね！」

「そうだね」

王立劇場は、王様の威信を示すためにか、すごく立派な白い石造りの建物だった。いたるところに繊細な彫刻が施されていて、日本的な美とは方向性が違うけど、それでも美しい。

よく見れば、この劇場も左右対称だな。学園も左右対称だったし、この国では左右対称が美しいとされているのかもしれない。

「わあ！」

劇場の中に入れば、木目の美しい内装が目に入る。大きな絵画や壺《つぼ》なんかも飾ってあって、まるで博物館のような雰囲気だ。来ている他の客もその身に着けた服から裕福なことが窺《うかが》える。たぶん、貴族や豪商などだろう。観劇はまだ上流階級の趣味といった感じだね。

「ふわふわですね」

「そうだね」

貴賓席である二階席で指定された席に座ると、椅子のふかふか具合に驚く。逆に腰に悪そうな柔らかさだけど、たぶんこの国ではこれが最上とされているんだろうな。

「思ったよりも広いな」

「そうですね。この劇場いっぱいに声を届かせるのだから、役者さんってすごいですね」

アリスは初めての観劇が楽しみなのか、ちょっといつもよりテンションが高い気がした。目がキラキラしててかわいい。連れてきてよかったなぁ。

ガヤガヤとしていた場内が、オーケストラの奏でる美しい旋律に満たされ沈黙がおりていく。いよいよ劇の開始のようだ。

オーケストラの演奏は迫力があるな。体の芯に響くようだ。

「始まりますね」

「ああ、楽しもうか」

「はい！」

こうして物語は始まる。


パチパチパチパチパチパチパチッ！

鳴り止《なや》むことがない拍手の中、役者たちが舞台の上で頭を下げていた。

前世を含めて初めてのちゃんとした観劇だったけど、これはすごいな。貴族の女の子がハマるのもわかる気がした。

「ぐすっ……。マキューシオ、どうして……」

隣のアリスも目を赤くして泣いている。それだけ心を揺さぶられたのだろう。

劇が終わっても、オレたちはしばらく余韻に浸って動きたくないほどだった。

く～！

だが、いくら感動的な劇を見てもお腹《なか》は減る。発生源はアリスのお腹だ。アリスは恥ずかしそうにお腹を押さえていた。

「すまない。オレの腹が鳴ってしまったようだ。アリス、食事に行こうか」

「え？　は、はい！」

その後、オレとアリスは劇場近くのレストランで昼食を食べながら劇の感想を語り合った。お互いが知ってる話題があるのはいいね。これも観劇の醍醐味《だいごみ》なのかもしれない。

「さて、アリス。次はどこに行こうか？」

「ジル様と一緒ならどこへでも」

そう言って少し恥ずかしそうに俯《うつむ》くアリス。たぶん劇に感化されちゃったのかな？

そんなアリスもかわいらしい。

くそっ！　スクショしたい！

「そうだなぁ……」

本当ならダンジョンにでも行きたいところだが、今日はアリスとのデートだ。やめておこう。さすがのオレでもダンジョンデートというのはどうかと思うのだ。

「実は御者にはこのまま王都の観光スポットを回るように言ってあるんだ。回ってみて、気になった場所があれば降りればいいさ。じゃあ、行こうか」

オレが劇で主人公がやっていたようにアリスへと手を伸ばした。

「はい！　わたくしの王子様！」

王子様って。アリスも観劇でテンション上がってるみたいだね。

「お姫様、どうぞお手を」

冗談めかして応えると、アリスの表情が一段と明るくなった気がした。

「はい！」

アリスはオレの手を取ると、すぐに腕を組む。しかも手も恋人つなぎだ。最近ではさすがに恥ずかしいのか、やってくれなかったからこれも久しぶりだな。

オレたちは、そのまま馬車に乗り込むと、王都の観光スポットを回っていった。中には石造りの野外演劇場もあって、平民たちが観劇を楽しんでいた。

観劇はこの国のポピュラーな文化なのかもしれないね。

アリスと一緒だと、なにをしていても楽しい。こんな日がずっと続けばいいと思ってしまう。

無論、不安なことはたくさんある。

ムノー侯爵家の出方もわからないし、これだけゲームの流れを改変した以上、オレの持つゲーム知識がこれからも役に立つのかわからない。

でも、それ以上に今を謳歌《おうか》したい気分だ。

オレたちの時間は始まったばかりだからね。

アリスを王都のダンジョンに連れていきたいし、オレも集めたいレア装備がたくさんある。

これから忙しくなるぞ！

収納無双

～勇者にチュートリアルで倒される悪役デブモブに転生したオレ、元の体のポテンシャルとゲーム知識で無双する～

MFブックス

【収納《しゅうのう》無双《むそう》】～勇者《ゆうしゃ》にチュートリアルで倒《たお》される悪役《あくやく》デブモブに転《てん》生《せい》したオレ、元《もと》の体《からだ》のポテンシャルとゲーム知識《ちしき》で無双《むそう》する～ 1

2025年3月25日　初版発行

著者　くーねるでぶる（戒め）
発行者　山下直久
発行　株式会社KADOKAWA
〒102-8177　東京都千代田区富士見2-13-3
0570-002-301（ナビダイヤル）
印刷　株式会社広済堂ネクスト
製本　株式会社広済堂ネクスト

ISBN 978-4-04-684645-7 C0093　　Printed in JAPAN

企画　株式会社フロンティアワークス
担当編集　近森香菜（株式会社フロンティアワークス）
ブックデザイン　AFTERGLOW
デザインフォーマット　AFTERGLOW
イラスト　ぺんぐぅ

本書は、カクヨムに掲載された「【収納無双】～勇者にチュートリアルで倒される悪役デブモブに転生したオレ、元の体のポテンシャルとゲーム知識で無双する～」を加筆修正したものです。
この作品はフィクションです。実在の人物・団体・事件・地名・名称等とは一切関係ありません。

ファンレター、作品のご感想をお待ちしています

宛先
〒102-8177　東京都千代田区富士見 2-13-3
株式会社 KADOKAWA　MFブックス編集部気付
「くーねるでぶる（戒め）先生」係　「ぺんぐぅ先生」係

二次元コードまたはURLをご利用の上
右記のパスワードを入力してアンケートにご協力ください。

https://kdq.jp/mfb

パスワード
djz6e

● PC・スマートフォンにも対応しております（一部対応していない機種もございます）。
●アンケートにご協力頂きますと、作者書き下ろしの「こぼれ話」が WEB で読めます。
●サイトにアクセスする際や、登録・メール送信時にかかる通信費はご負担ください。
● 2025 年 3 月時点の情報です。やむを得ない事情により公開を中断・終了する場合があります。

元オッサン、チープな魔法でしぶとく生き残る
~大人の知恵で異世界を謳歌する~
頼北佳史
Raiho Yoshifumi
イラスト：へいろー
俺の能力、しょっぱすぎ？
――元オッサン、魔法戦士として異世界へ！
Story
死に際しとある呪文を唱えたことで、
魔法戦士として異世界転移した元オッサン、ライホー。
だが手にした魔法はチートならぬチープなものだった！
それでも得意の話術や知恵を駆使して冒険者としての一歩を踏み出す。
MFブックス
MFブックス新シリーズ発売中!!

アンケートに答えて著者書き下ろし「こぼれ話」を読もう！

「こぼれ話」の内容は、
あとがきだったり
ショートストーリーだったり、
タイトルによってさまざまです。
読んでみてのお楽しみ！

よりよい本作りのため、
読者の皆様のご意見を参考にさせて頂きたく、
アンケートを実施しております。

奥付掲載の二次元コード（またはURL）にお手持ちの端末でアクセス。

↓

奥付掲載のパスワードを入力すると、アンケートページが開きます。

↓

アンケートにご協力頂きますと、著者書き下ろしの「こぼれ話」がWEBで読めます。

- PC・スマートフォンに対応しております（一部対応していない機種もございます）。
- サイトにアクセスする際や、登録・メール送信時にかかる通信費はご負担ください。
- やむを得ない事情により公開を中断・終了する場合があります。